AF398386

DET KÄRLEKSFULLA MORDET

Livmedikus Axel Munthe

och

Drottning Victoria

En historisk roman byggd på
verkliga händelser

Staffan Bengtsson

Omslag: Klipp ur Rembrandts Batavernas trohetsed till
Claudius Civilis, olja, Nationalmuseum Sverige
Omslag: Emily Braekhus Cueva/författaren
Författarfoto: Göran Petersson

Förlag: BoD – Books on Demand, Stockholm, Sverige
Tryck: BoD – Books on Demand, Norderstedt, Tyskland
ISBN: 9789180070423

www.staffanbengtssonpk.com

Den berömde doktorn
och den svenska
drottningens sista dagar i
århundradets kärlekssaga.

The famous doctor
and
the Swedish Queen's last
days in the love story
of the 20th century.

Till minne av farbror Ebbe/In memory of uncle Ebbe

Engelberth Bengtsson, (1897 – 1978), i sin familj kallad Ebbe, tjänstgjorde i den svenska kungafamiljen under femtio år, från 1922 till 1972.
Ebbe blev ”Kungafilmaren” i svenska folkets ögon.

I september 1929 fick Bengtsson order av Kung Gustaf V att omedelbart bege sig till Rom där drottning Victoria låg svårt sjuk. Han blev hennes hovbetjänt fram till hennes död, den 4 april 1930. Axel Munthe och drottningen krävde tystnad av Bengtsson, var och en på sitt sätt, om de sista dagarna i århundradets kärlekssaga.

Bengtsson orkade inte ensam bära på hemligheterna. Allt eftersom tiden gick, delade han med sig av bördan till sin yngste bror, spelmannen på fiol och träskofiol, Assar Bengtsson (1909 – 2004) som i sin tur långt senare berättade för sin son, Staffan Bengtsson (1945), författare till romanen.

Engelberth Bengtsson blev i folkmun allmänt kallad ”Kungafilmaren” under 1930 –, 40 –, 50 –, och 60 – talen.

Engelberth Bengtsson, (1897 – 1978), in his family called Ebbe, served in the Swedish royal family for fifty years, from 1922 to 1972.

In September 1929 he was ordered by King Gustaf V to immediately go to Rome, where Queen Victoria was seriously ill. He became her court attendant until her death, on April 4, 1930. Axel Munthe and the queen demanded silence from Bengtsson, each in his and her special own way, about the last days of the love story of the 20th century.

Bengtsson could not bear to carry the secrets alone. As time went on, he shared the burden with his youngest brother, the fiddler on violin and wooden clog fiddle, Assar Bengtsson (1909 – 2004) who in his turn much later told his son, Staffan Bengtsson (1945), the author of the novel.

Engelberth Bengtsson became "The Swedish royal family´s own photografer", also in people´s eyes called "The Kings´s photographer" during 1930 –, 40 –, 50 –, and 60th – centuries.

1

Stockholm söndagen den 12 september 1929

Klockan närmade sig två på eftermiddagen i Stockholm. Solen strålade över Kungliga slottet. Sorlet från människor och hästar som kom dragandes på vagnar, trängde in i den gigantiska gamla byggnaden där många fönster stod öppna. Kung Gustaf V satt i sin bekväma korgstol vid ett av dem och broderade. Hans Majestät behövde koppla av på söndagarna och valde då att brodera för att slippa tänka på annat. Det var hans favoritsysselsättning om sommaren, förutom tennis och krocket om vädret så tillät och han befann sig på ett av sina magnifika slott, ofta på det bländande vita sommarslottet Solliden på Öland som var hans absoluta favorit. Ett vackert sagoslott nära havet, omgivet av en otroligt vacker parkanläggning, fylld av skulpturer. Drottning Victoria hade låtit uppföra slottet 1903 – 1906, inspirerad av doktor Axel Munthes skapelse Villa San Michele på Capri.

Sollidens slott blev deras första gemensamma projekt.

Kungen var fullt koncentrerad och avslappnad där han satt i sin exklusiva, nystrukna linneskjorta med nålen i hand. Manschettknapparna med blå safirer påminde om att hösten var i antågande. De gnistrade till vid varje stygn han tog i tyget han lagt i sitt knä. Solen var skarp så här års och låg ganska lågt på den klarblå himlen. Hans Majestät broderade i godan ro medan radion stod på. Den hade sin givna plats på det blankpolerade mahognybordet strax intill honom. Men inte på särskilt hög volym. Bara så pass högt att han hörde vad som pågick i landet. Det kunde ju dyka upp både viktiga och oväntade nyheter eller annat som kungen borde känna till, inte minst som den statschef han var.

Kungens hörsel hade tagit skada av allt skjutande på alla jakter han varit bjuden på under mer än sextio år. Han tackade aldrig nej till en bjudjakt från adeln eller de höga herrarna på de stora godsen och slotten runtom i landet där de mäktiga skogarna och fälten var fyllda av vilt. Han var ofta i Skåne, de praktfulla slottens Mecka.

Adelsmännen och slottsherrarna visste hur de skulle hålla sig på god fot med landets statschef. De var väl medvetna om att kungen älskade att jaga när hösten väl infunnit sig. Då tog han gärna ledigt och överlämnade alla plikter till kronprinsen som fick vikariera som statschef. Ingen annan av de tre sönerna fick det förtroendet. Statschefen måste enligt lag alltid befinna sig i Stockholm. Jaktresorna blev i regel många vintertid. Därför befann sig kungen ofta långt bort ifrån huvudstaden och kronprinsen kunde träda in som statschef. Han som en gång i framtiden skulle efterträda sin far på tronen och tvingas göra allt för att sopa rent efter skandalerna som hans far kom att ge upphov till, vilka uppdagades i samband med hans död långt senare.

Gustaf V ville inte bli störd i onödan när han satt där så avslappnad och njöt fullt ut vid varje stygn han tog. Tidigare på förmiddagen hade han blivit besvärad av radion. Det var när "den där" kapten Uggla som ledde morgongymnastiken som var något alldeles nytt påfund, men som inte föll honom i smaken. Värst av allt var att Kapten Uggla hade hittat på en för kungen besvärande sång som Uggla gett namnet Yip Yip Yip. Den var förfärlig, tyckte kungen. Fruktansvärt stimmig och stökig. Därför stängde han av radion så fort han hörde den. Kapten Uggla och kungen hade träffats någon gång i förbifarten när kaptenen var på besök i Stockholm. Men då kände kungen inte någon som helst dragning till honom, eller var ens intresserad av den typen unga, karriärsugna män, särskilt dem, som var snobbiga och auktoritära. De var svåra att komma nära. Det passade honom inte. Han var mer förtjust i den lite mer mjuka typen unga män som var villiga att underkasta sig, som inte vågade ifrågasätta Hans Majestäts närmanden. Dessutom hade han fått nog av det auktoritära på nära håll i sin egen familj. Men då handlade det om något helt annat. Nämligen hans dominanta maka, drottning Victoria. Hon skulle absolut ha sista ordet i alla familjeangelägenheter och gav aldrig med sig. Kungen tvingades ständigt att ligga lågt och alltid backa när det skulle tas beslut om svåra saker eller akuta händelser i familjen. Att det var så, berodde på att Victoria ansåg att maken var otillräcklig på många sätt. Hon var också missnöjd med hans ständiga rökande. Tog till synes ingen hänsyn till hennes lungsjukdom. Han var en ynkrygg i drottningens ögon. Så gick i alla fall snacket på slottet. Men var det verkligen så? Ja, uppenbart. Att hon var den klokare av dem var nog de flesta överens om, i alla fall den man som som bar på den mest trovärdiga insikten. Han som hade god insyn i makarnas liv och förhållande, nämligen kungens trofaste hovlakej, Engelberth Bengtsson. I sin tjänst hade han haft många nära år med kungafamiljen och dess innersta krets. Bengtssons anställning vid hovet inrättades på grund av att drottningen hade oroat sig över den akuta situationen som uppstått i familjen, att hennes äldsta barnbarn, arvprins Gustaf Adolf, eller Edmund som han kallades i familjen, hade vägrat fortsätta skolan när han var sexton. Han som en gång i tiden skulle bli kung i Sverige och förväntades vara bäst i klassen, hade misslyckats totalt i skolan på grund av sina läs- och skrivsvårigheter, något som ingen förstod sig på. Han var nämligen ordblind och ingen visste då vad som fanns att göra åt det. Det ledde till konflikter i familjen, särskilt mellan kungen och drottningen och Edmunds pappa kronprinsen Gustaf Adolf, som var förtvivlad och visste inte vad han skulle ta sig till. Han var änkeman sedan ett par år och fortfarande mycket bedrövad, tankspridd och förvirrad efter sin hustru Margaretas plötsliga död i rosfeber. Hon var då i åttonde månaden med parets sjätte barn. Margareta hade inte ens fyllt fyrtio, när de fem barnen blev moderlösa och Edmund var den äldste, fjorton år gammal.

> — Vi måste lösa det här, sa kronprinsen och tittade allvarligt på sin mor och far.

– Ja det måste vi verkligen göra, sa drottningen. Vi måste få Edmund att fullfölja skolan, rasade hon.

Kronprinsen instämde mycket kortfattad:

– Tack mor, vi gör så, mor.

Medan hans far, kung Gustaf, nickade instämmande, utan att säga något.

– Jag kontaktar chefen för Hovstallarna och hör om de har någon som de kan rekommendera, tog drottningen på sig.

Dagen efter sökte drottningen chefen för hovstallarna. Han hade rekommenderat Engelberth Bengtsson. Han fick många goda omdömen av stallchefen som hade intygat att Bengtsson var mycket skötsam och hade dessutom körkort, vilket var ett krav för att skjutsa prinsen till och från skolan. Det var mycket viktigt att arvprinsen skulle lyckas med sin studentexamen. Det ansåg alla tre, men uppenbart mest aktive, Edmunds farmor, som var den mest pådrivande.

Bengtsson började sin tjänst vid hovet i januari 1922, ungefär samtidigt som han fyllde tjugofem. Edmund var då sexton. Det viktigaste var att Bengtsson skulle läsa prinsens läxor högt med påföljande muntliga läxförhör varje dag, sex dagar i veckan. Edmund och Bengtsson kom mycket bra överens, vilket gjorde att prinsen tyckte skolan blev något roligare. Dessutom fick Edmund i största hemlighet sitta vid ratten i Forden och övningsköra nån gång på väg hem från skolan. Detta skedde allt oftare när han närmade sig arton. Bengtsson var väl medveten om, att han med detta tog en stor risk, men förstod att det var så roligt för prinsen, och nästan nödvändigt för att hålla motivationen uppe. Edmund hade redan prövat på att bestämma över den kungliga personalen och då sagt till Bengtsson att han ville börja övningsköra. Bengtsson hade inget val. Övningskörningen använde han som en morot för prinsen att göra läxorna. Och så blev det. Läxläsningen med påföljande förhör och övningskörningen pågick i två år. Det lyckades så till vida, att prins Edmund erhöll sitt körkort vid arton och tog sin studentexamen vid tjugo. Det viktiga beslutet togs vid ett trekungamöte där det fastslogs att arvprinsen klarat proven. Ingen visste förstås vad kungarna hade bjudits på, och vilken berusningsgrad de hade befunnit sig i. Vid festliga tillfällen och celebra gäster, flödade champagnen i de privata våningarna i det Kungliga slottet. För Gustaf V gick det nog inte en dag, utan att han tog sig ett glas eller två av den exklusiva champagnen fram emot kvällen och lät bortåt en halv ask cigaretter gå upp i rök. I Kungliga slottet fanns många med god insyn som anade och var kritiska, medan Bengtsson var den ende som visste.

Drottning Victoria kom efter hand att allt mer bestämma och ta makten över viktiga beslut i familjen och naturligtvis också ansvara fullt ut för dessa. Hennes make blev då den mesige, tröge maken som hon saknade tillit till. Allt sedan början av äktenskapet hade hon önskat att hon fått äkta en mer intressant man, en man som hon kunde känna full tillit och känslomässig dragning till. Gärna också med musikalisk förmåga och dessutom vara dansant, eller i alla fall med intresse för musik, fotografering, arkeologi och litteratur. Sådant som drottningen älskade. Långt innan kungaparet ingick äktenskap som kronprins och prinsessa i Victorias hemstad Karlsruhe den 20 september 1881, hade Victoria fantiserat om en blivande make som hon kunde ha förtroliga och innerliga samtal med. Till sin stora besvikelse och förtvivlan förstod Victoria att hennes föräldrar hade valt fel make åt henne. Hon hade hoppats på en helt annan man att gifta sig med, en man som passade henne bättre, som hon dessutom kunde känna sig bekväm med. Under hela sin barndom och ungdomstid, var hon strängt fostrad att uppföra sig väl utan att protestera. Victoria, såväl som andra prinsessor, skulle bli duktiga på att spela piano, men aldrig bättre än prinsen i familjen, om det fanns någon. Men här fanns ingen så hon kunde spela på och bli mycket duktig på piano. Hon skulle också läsa mycket av kända författare och vara bevandrad i litteratur och utveckla sina konstnärliga talanger och färdigheter. Men inte minst skulle hon vara väl insatt i den tidens kulturella ämnen.

När prinsessan Victoria av Baden var nitton och hade mött den svenske kronprinsen Gustaf något år tidigare, vågade hon inte protestera högt för att stoppa det planerade bröllopet. Att gifta sig med Gustaf hade inte känts bra. Dessutom hade hon stora besvär med sina luftrör och lungor. Victoria var ofta sjuk med svår hosta. Hon saknade också något hos den unge kronprinsen, något som hon inte riktigt kunde sätta fingret på. Hon försökte i alla fall på sitt mjuka sätt att få sin mor med sig för att stoppa giftermålet. Men hennes föräldrar var eniga och hade bestämt sig. De var övertygade om att de hade gjort ett bra val. *"Vi gör så"*, sa de samstämmigt utan att inse eller förstå att de riskerade sin dotters hälsa i hennes framtida liv, instängd i ett jättelikt kallt slott från 1200-talet långt upp i norr i ett kallt land. Ett lyckat köpslående menade de. Unionen Sverige – Norge stod högt i kurs. Det var det viktigaste. Ingen kunde föreställa sig då, hur olyckligt det hela skulle bli för deras dotter.

Victoria blev således en bytesvara som bjöds ut till en lämplig prins med ansenligt högt värde. Äktenskapet var tänkt att stärka banden mellan Tyskland och Sverige. Och så blev det långt senare, men också av andra orsaker förstås, när Hitlers Tyskland avstod från att invadera Sverige i början av andra världskriget, där Norge inte slapp undan. Norska folket hade redan 1905 klippt navelsträngen till Sverige i samband med unionsupplösningen, och Norge hade förklarat sig som ett fritt och självständigt land. Oscar II ville nog inte försätta de båda folken i krig. Släppte hellre Norge ifrån sig och på det sättet skonade alla. Inte minst sig själv. Han var fullt upptagen med alla hänförda kvinnor, som han samlade omkring sig. Det resulterade i många kungliga barn som föddes faderlösa, och fick en svår start i livet.

Ett exempel på en far till många faderlösa barn, finner vi vid Övedsklosters kyrka mitt i Skåne, där Oskar den förstes hovmarskalk Ramel, inte fick vila i frid på samma sida som övriga i familjen Ramel. Hans usla rykte förpassade honom till evig vila långt utanför inhägnaden där alla andra i familjen Ramel vilade sedan hundratals år.

På den enda gravstenen till höger om kyrkan kan vi läsa:

HOFMARSKALKEN FRIHERRE CHARLES EMIL RAMEL, FÖDD DEN 17 FEBR. **1750** DÖD DEN 10 APR. **1826** SAKNAD OCH VÄLSIGNAD AF MAKA WÄNNER, ENKOR OCH FADERLÖSA

Konvenansäktenskapet kom att drabba Victoria hårt. Hon vantrivdes från första början i det iskalla slottet med en man som hon inte själv hade valt. Längtade bara långt därifrån. Varje dag fantiserade hon om att fly söderut till varmare trakter där hon kunde känna sig mer hemma. Hon saknade värmen på alla sätt, men skilsmässa var inte att tänka på för de kungliga. En kunglig skilsmässa var fullständigt orimligt. Hon fick helt enkelt finna andra vägar och det kom hon också att göra med besked långt senare när hon valde sin livläkare, doktor Axel Munthe. Han kom också att bli hennes varmt förtrogne vän, ja även hennes älskare nästan ända in i slutet. Ja, nästan.

Victoria hade 1892 under en längre tid lämnat familjen och rest söderut och träffat den mycket framgångsrike svenske doktorn som varit skild från en ung rik svenska sedan några år. En resa till Venedig blev startskottet för deras fortsatta gemensamma liv utan att de behövde besväras av tanken på att gifta sig.

Under dagarna i Venedig hade de upplevt kärlekens kraft och utmaningar. Victoria hade direkt känt hur hon dag efter dag, befann sig tätt intill Munthe i den mjukt guppande gondolen medan hon lyssnat till det sköna vågskvalpet och samtidigt lyssnat på Axels filosofiska utläggningar. Varje gång hon såg honom i ögonen, hade hon fastnat i hans hypnotiska, förförande blick:

    — Åh! Doktorn. Tänk om vi kunde stanna här i Venedig. Jag vill inte resa tillbaka till Stockholm. Här är så underbart. Nu känner jag mig äntligen fri.

    — Ja vi får väl se hur vi ska kunna vara varandra nära. Om kronprinsessan tycker att hennes hosta eller annat blir allt för besvärligt, så finns jag alltid i hennes tjänst om hon så skulle önska.

– Jamen, säger doktorn det? Doktorn vill kanske bli min andre livläkare?

– Ja, det skulle jag väl inte ha något emot, min kära Victoria, sa han och tittade övertygande på henne.

– Det ska jag ta med mig hem. Jag ska prata med min make så fort jag är tillbaka. Men vi kan väl förlänga vår vistelse här en vecka? Vad säger doktorn om det?

– Javisst, kronprinsessan. Jag stannar gärna en vecka till. Då kanske vi bättre kan se vilken hjälp hon behöver.

Victoria spratt till i kroppen när hon tog in hans svar. Fullmånen lyste från en klar himmel över det böljande vattnet och de två, nu halvliggande sida vid sida på bänken i gondolen. Vågornas lugna skvalpande lät riktigt mjuka och behagliga. Det var uppenbart en skicklig rorsman de hade bakom sig. Victoria tryckte sig en bit närmare Axel, och flyttade lite på sin yviga hatt för att komma honom närmare. Hon la försiktigt sin hand på hans, som han lät ligga kvar när han gav henne en blick. Victoria hade funnit mannen i sitt liv. Mannen med stort M. Doktor Axel Munthe.

Munthe var redan en berömd och populär läkare, särskilt känd bland något äldre kvinnor. Hans popularitet hade spridit sig bland Europas nobless och även nått över Atlanten. Victoria var en lungsjuk, på sitt sätt övergiven och sexuellt frustrerad kronprinsessa som lämnat sina tre små söner och maken hemma i Stockholm. Hon välkomnade nu all den värme som hon kunde få. Inte minst den innerliga och kärleksfulla som hon äntligen hade funnit. Som tur var hade hon hunnit bygga upp en stark självkänsla under sina första nitton år i sin familj. Efter elva mycket besvärliga år i Stockholm, hade hon bestämt sig för att hon från och med nu skulle tänka på sig själv och inte längre vara sin makes och svenska folkets objekt längre. Nyligen fyllda trettio, övertog hon makten i familjen. Victoria hade fått annat att tänka på och engagera sig i. En ny väg i hennes liv kunde skönjas och med den steg den inre värmen. Livslusten började ta plats i henne.

Axel Munthe föddes i Oskarshamn 1857 som tredje barnet. Storasyster Anna var tre och Arnold bara ett och ett halvt. Axels mor hette Lovisa Aurora Ugarph och var från en prästsläkt i Småland med polskt ursprung. Pappan var apotekare med anor från en adelsätt i Flandern, Tyskland. Det stränga religiösa liv som präglat familjen med en ofta ursinnig pappa, satte svåra spår hos Axel förutom den religiösa musiken som Axel anammade och gladde sig åt och kom därför att bli mycket intresserad av musik. Han älskade att spela piano och sjunga, förutom lite konstiga saker som han ständigt hittade på. Men efter hand som han växte upp, blev det allt svårare för honom att lägga band på sina ständigt återkommande, ibland vildsinta impulser som kunde leda till nästan vad som helst. Människor rynkade på ögonbrynen och undrade vad det där var för en liten vilding, som inte var som andra barn.

När Axel var fjorton och hade misslyckats i skolan, ville han absolut inte fortsätta. Eftersom han fick så dåliga betyg mutade hans pappa honom med en bra peng för att få honom att fortsätta skolan. Och så blev det. Utan ett ord tog Axel emot pengarna och bestämde sig omedelbart för att ta tag i skolarbetet. Han fördelade sin pappas muta på privatlärare som kunde stötta och hjälpa honom i de ämnen han hade misslyckats med. Det fungerade oväntat bra, inte minst till pappans stora glädje. Läslusten tog fart. Efter knappt ett år tenterade Axel och fick bra betyg och tog därmed sin studentexamen året innan sina klasskamrater. Han var då två år yngre än dem, eftersom han hade börjat skolan ett år tidigare. Axel var långt före kamraterna i sin intellektuella utveckling och fortsatte studera medicin och filosofi vid universitetet i Uppsala. Där tog han medicinsk-filosofisk examen redan vid arton. Axel visade tydligt att han var mycket begåvad när han väl fick göra det som han önskade. Då kunde han koncentrera sig på just de ämnen som han själv intresserade sig för. Hans drivkrafter att förkovra sig nådde inga gränser. Att bli läkare hägrade. Det var hans mål och hängde nog ihop med hans speciella personlighet och intresse. Han besatt en makalös förmåga att fokusera, ta in och lära sig saker otroligt snabbt när han väl hade valt inriktning och själv stakat ut sina framtida mål. Samtidigt var det uppenbart att han led brist på sociala färdigheter. Att uppföra sig som andra barn. Han hade också stora svårigheter att kommunicera på ett komfortabelt sätt i sitt umgänge med andra. Ingen begrep sig riktigt på honom. När han var barn hade han uppfattat sig själv som en udda person och upplevt sig som lite märklig. Han kände att han inte var som andra. Axels stränga pappa var ständigt upprörd över pojkens provocerande tilltag som ofta ledde

22

till att Axel fick stryk. Han hittade ofta på så märkliga saker som att samla fågelägg och försöka ruva fram fågelungar under täcket i sin säng. Det blev ju en enda äggröra vilket hans pappa starkt ogillade och som renderade i stryk.

– Axel! Kom hit!

– Nej! Jag vill inte!

– Då så. Då blir det hurring extra, röt han, och fortsatte:

– Du måste komma! Annars hämtar jag dig!

Det blev för mycket för Axel. Han stannade och vände långsamt tillbaka, visste att den andra örfilen kunde vara värre än den första. Gick sakta fram till sin pappa med händerna för kinderna som för att skydda dem. Hans far slet först bort den ena handen, pang!

– Aj! Sedan den andra, pang!

– Aj aj, och tog sig för öronen.

Axel blev överrumplad. Han hade ju så sakta vänt tillbaka till sin far för att slippa den andra örfilen. Han storgrät och rusade därifrån så snbbt han kunde.

Varje tillrättavisning skapade förvirring i Axels huvud. Han kände sig kränkt förutom smärtan som kändes. Fick Axels självkänsla samtidigt en knäck? Han gjorde ju fel efter fel vad han än tog sig för. Vilka uttryck och konsekvenser kan detta ha fått när han blev vuxen?

Axel Munthe hade nu lämnat allt det där bakom sig och ville bara dra vidare ut i livet och förkovra sig än mer inom sitt intresseområde. Han hade bestämt sig för att nå sina mål, de mål som han själv hade formulerat. Men ingen visste eller ens förstod då, att Axel hade fötts med en ytterligare dimension av tänkande och intellekt som innebar en uppenbar funktionsnedsättning och avvikande beteende redan tidigt som barn, men samtidigt en form av högfungerande autism med ett specialintresse och extrem begåvning inom ett visst område. Det avvikande beteendet kan uppfattas som ett handikapp hos ett litet barn hennes första år i livet på grund av människors okunskap, men har senare visat sig bli ett viktigt bidrag till mänsklighetens utveckling och nytta långt senare, som när Greta Thunberg dök upp och tog strid för miljön. Albert Einstein var också en av dem som betytt mycket. Precis som Axel Munthe hade han dåliga betyg i matematik under sin tidiga skolgång, men längre fram ändrades det radikalt, när de båda väl hade bestämt sig för vilken väg de ville gå, och utvecklas var och en på sitt sätt.

Axel Munthes funderingar på hur vi människor blir till, hade upptagit en stor del av hans tonårstid. Människans skapelse uppfattade han som ett mirakel. Det genererade frågor i hans huvud. Hur går det till? Att den skapande platsen var kvinnans livmoder, insåg han efter hand och förstod, när han blivit äldre.

Den mycket sensationella kunskapen om konceptionen som uppdagades endast hundra år tidigare, kom att bli livsavgörande och omvälvande, inte minst för nyfikna och kunskapstörstande läkare som kastade sig över döda kvinnokroppar kring sekelsiftet 1700 – 1800, för att upptäcka och dissekera kvinnans livmoder med dess äggstockar som var fyllda av oräkneliga mikroskopiska ägg. *Oj! Var det så?* Undrade Axel och blev allt mer nyfiken.

Den typen av bryderier hade Axel Munthe redan tidigt fastnat för, och troligen därför valt sin läkarbana som gynekolog. Han ville uppenbart veta mer. Det låg djupt förankrat i hans speciella intresse om hur vi blir till. Han godtog inga fantasier och förstod sig aldrig på varför hans mor berättade om storken som en livsbringare hade kommit med honom till familjen. Så kan det ju inte gå till. Storken? Vildsinta fantasier, tänkte han. Han ville absolut få veta. Axel Munthe sökte redan tidigt sanningen. Han anade ju att hans mor ljög för honom. Eller i alla fall att hon höll inne med sanningen. *Hur kan föräldrar göra så? Ljuga för sitt barn.*

Axel Munthe förlitade sig allt mer på evolutionsläran som han absolut ville fördjupa sig i. Det låg i tiden och i linje med Charles Darwins tankar om det naturliga urvalet som en delprocess i människans utveckling. Munthe undrade också var det goda fanns i hans egen familj när han var barn, eftersom han fick lida så mycket och ofta riskerade att bli straffad av Gud som hans mor ständigt hotade med om han inte bättrade sig, medan han fick stryk av sin pappa. Stryk som straff för hans barnsliga ofog som han for mycket illa av, men aldrig förstod sig på. *Varför vill min pappa mig så ont? Vad har jag gjort?*

Axel Munthe blev redan som barn en driven forskare med många frågor på sin lista utan att föräldrarna förstod sig på hans unika arvsanlag, arvsanlag som han faktiskt ärvt av dem. Men ingen visste då eller ens förstod. Axel var mycket vetgirig och ville ta reda på och förstå livets uppkomst både hos människa och djur. Han offrade många år och mycket pengar för att ta reda på hur ålens fortplantning fungerade. Men det projektet fick han ge upp efter mer än tjugo års försök. Han fann aldrig svaret på den ännu olösta gåtan.

Axel Munthe hatade att misslyckas. Han visste ju bättre! Men ålens tillblivelse, eller skapelse, gick han bet på, och än så länge har ännu ingen funnit svaret, märkligt nog. För vi vet ju var det händer.

Efter att Axel Munthe avslutat sina studier i Uppsala, tog han sig vidare till universitetet i Montpellier i södra Frankrike för vidare studier i medicin och bodde då i Menton. Där mådde han bättre av sol och värme eftersom hans hälsa ständigt var vacklande med återkommande lungblödningar. I Menton fick han kontakt med den mycket uppburne nervläkaren, professor Jean Martin Charcot, som skulle visa sig kom att bli en av de tre i betygsnämnden vid Axels disputation. Munthe hade som sagt specialiserat sig på gynekologi och disputerade i början av augusti 1880 i Paris, efter fortsatta studier där, när han snart skulle bli tjugofyra.

Munthes doktorsavhandling **”Om livmoderblödningar efter förlossning”**, blev startskottet för hans framgångsrika karriär som gynekolog.

Charcot experimenterade med hypnos som läkande kraft. Axel tog mycket starka intryck av professorn och deltog gärna vid hans offentliga behandlingar, som Charcot kallade tisdagsträffarna. Där behandlade han viljelösa, överkänsliga hysteriska kvinnor som var intagna på sinnessjukhuset La Salpetrière. Medicinstudenter och läkare var särskilt välkomna. En del av kvinnorna visade också tecken på sexuell frustration, vilket Charcot ansåg sig kunna bota med hypnos, vilket Munthe vände sig starkt emot. Han var också kritisk mot de offentliga, regelbundna behandlingarna. Axel menade att vissa av Charcots teorier var felaktiga, eftersom han påstod att han med hypnos kunde bota psykiskt sjuka inför en stor publik och nå samma resultat som vid enskild behandling. Charcot ansåg sig också kallad att behandla patienter mot homosexualitet som var förbjudet enligt lag. Men det där tilltalade inte Munthe. Han trodde inte alls på det, eftersom han menade att sexuell inversion inte var en sjukdom, att homosexualitet varken skulle eller kunde botas. Avvikelsen betraktade han som en annan inriktning av könsdriften. Den drabbade hade inte begått något brott menade han, och skulle därför inte betraktas som brottsling, trots att homosexualitet var åtalbart enligt lag och kunde ge många års fängelsestraff.

Vid disputationen lärde Munthe också känna den redan mycket omtalade psykoanalytikern Sigmund Freud som var i ropet då. Freud var kritisk till hypnos som läkande kraft. Han var mer intresserad av att utveckla psykoanalysen som byggde på patientens fria associationer. Munthe å sin sida, trodde inte alls på psykoanalysen och drömtydning som en väg att vinna bättre självinsikt. Allt det där förkastade han. Det låg nog i linje med hans bristande förmåga att förstå och sätta sig in i hur människor i allmänhet känner och tänker. Sigmund Freud och Axel Munthe hade således mycket att prata och argumentera om, men fann att de inte hade särskilt mycket gemensamt. De valde att utveckla sina teorier var och en på sitt håll. Dessa båda mycket säregna män öppnade sina respektive praktiker 1881, Munthe i Paris och Freud i Wien, samma år som Victoria och Gustaf ingick äktenskap.

Munthe utvecklade sin hypnotiska förmåga och teorier till att bli mycket framgångsrik. Han ville alltid vara ensam med sin patient. Inga andra fick närvara. Annars var risken stor, menade han, att det kunde distrahera. Hans förmåga att bota och läka spred sig bland aristokratin i Europa. Patienter sökte honom från när och fjärran och flockades gärna runt honom. De flesta var kvinnor som hade mått dåligt och lidit under många år, utan att riktigt förstå varför. Med Munthes hjälp kom patienterna i de allra flesta fall att förstå vad som plågade dem, och hur de skulle komma till rätta med det. Hans framgångsrika behandling var hypnos i kombination med samtal, handpåläggning och massage.

Axel Munthe blev den förste utländske medicine doktorn i Frankrike. Avhandlingen skrev han på franska. Han var snabb att lära sig nya språk och hade lätt för att lära. Det var också viktigt för Axel att framhäva hur duktig han var och sökte ständigt bekräftelse på att bli sedd och uppskattad, det som han saknat som barn. Kan dessa bekräftelsebehov ha skapats med tanke på föräldrarnas stora missbelåtenhet med honom? Hans äldre syskon var så skötsamma och lydiga att de aldrig fick stryk eller bannor i Guds namn.

Munthe hade vänt sin familj ryggen sedan länge. Han gjorde nu allt för att glömma sin mycket besvärliga barndom. Hans föräldrar förstod inte varför han lämnade familjen och försvann utomlands så tidigt och sällan hörde av sig. De kanske förstod att han behövde mycket sol och värme för att stävja eller kanske till och med läka sina luftrör och lungor, som inte var i bästa skick.

Axel Munthe kom under hela sitt liv att värna om natur och djur och då särskilt fåglar och hundar. När han funnit sin plats på Capri, köpte han berget Barbarossa för att stoppa den omfattande jakten på små flyttfåglar. En effektiv jakt med täta nät som pågått i över hundra år för att tillfredsställa de rikas aptit på de delikata, stekta småfåglar som fångades i stora nät och skickades levande i burar till gourmet-restauranger i Rom och Paris. Berget han köpt för att stoppa jakten, var en favoritplats att landa och vila på för miljoner flyttfåglar som tidigt på våren gav sig iväg mot längre dagar och ljusare tider till länderna i norr där de häckade och kunde mata sina små ungar nästan dygnet runt.

Under tiden som Munthe befann sig i Paris, fanns där också många framstående svenska konstnärer som Anders Zorn och Carl Larsson m.fl. Kungens yngste bror, målarprinsen Eugen, vistades hellre i Paris än i Stockholm vintertid. Som ogift levde han sitt liv där och ville vara anonym på grund av hans avvikande sexuella läggning, och heller inte vilja avslöja sin kungliga börd som bror till den svenske kungen. Som omväxling till Paris sommartid, vistades han gärna hos "Drottningen av Skåne", grevinnan Henriette Coyet på Torups anrika slott från 1500-talet, där han fått sig tilldelat ett eget rum av värdinnan. Det vackra slottet var ganska stort och murat i urgammalt rött tegel, och en stenlagd innergård med ett åttakantigt och ett runt torn på motsatta hörn. Strax intill fanns en egen liten sjö, som långt tidigare hade varit en vallgrav, men var delvis igenfylld. Slottet låg en bit utanför Malmö, i en vacker böljande bokskog, fylld av klövvilt och småvilt, som fasaner, harar och rapphöns som jagades för de exklusiva måltiderna som förekommit på slottet under flera hundra år.

Samtidigt som kungen med välbehag sitter och broderar i Stockholm denna vackra, soliga eftermiddag, har grevinnan Coyet bjudit hem författarinnan Selma Lagerlöf till sitt slott några dagar med förhoppning om att de skulle få möjlighet att utveckla sitt ganska nyetablerade kärleksförhållande. Det var början på en relation som visade sig skulle vara livet ut för den hyllade och världsberömda författarinnan från Värmland. Selma Lagerlöf blev den första kvinnan som tilldelats Nobelpriset i litteratur tjugo år tidigare, och därmed blev den första svenska Nobelpristagaren.

Axel Munthe blev verksam i framför allt Italien efter att han lämnat sin praktik i Paris. Munthe var som sagt specialist inom gynekologi, men hade efter hand blivit allt mer känd för sin hypnosterapi. Hans hypnotiska förmåga handlade om att läka inbillade sjukdomar eller avvikande tillstånd hos kvinnor som på olika sätt hade farit illa och inte mådde bra. Det kunde vara kvinnor som led av stressrelaterad, nervös hysteri, då deras liv under lång tid hade präglats av meningslöshet och tristess, vilket skapade frustration hos dem. Det svåra kunde också vara relaterat till maktmissbruk eller övergrepp av närstående män. Allt från sexuella övergrepp till både fysisk och psykisk misshandel.

Med tanke på den tidsanda som rådde under senare hälften av 1800-talet, kan vi gärna ställa oss frågan varför superdoktorn Munthe lyckades så bra med sin hypnosterapi.

Han fick tydligen kvinnorna att både acceptera och bejaka sina intressen, inte minst sitt människovärde och därmed också sin sexualitet. Patienterna började nu finna sin egen väg att må bättre efter många års lidande. De blev tydligen så hänförda och tacksamma över Munthes hypnos med handpåläggning och massage, att många av dem skänkte honom dyra presenter. Patienternas tacksamhet nådde ibland inga gränser. En man som Munthe, med viss form av brist på empati, tillät ju ingen troslära att begränsa honom eller att stoppa honom. Axel Munthe var besatt av att vara sig själv nog, och hade uppenbart inga religiösa betänkligheter. Så var det ju ända sedan hans barndom då han trotsade, inte bara sin mor och far och deras religiösa normer, utan också rådande samhällsnormer. Han ville finnas till för alla som mådde dåligt, men särskilt dem, som var sjuka. Där fanns tydligen någon form av empati hos doktorn. Eller var det annat som tilltalade honom? Kunde det handla om maktbegär över kvinnor som gärna lämnade ut sig och litade blint på honom?

Några år in på nya seklet hade Munthe byggt färdigt och etablerat sig i sin vackra Villa San Michele. Villan låg en bit nedanför det antika, jättelika romerska palatset Castello Barbarossa som var byggt i tegel och natursten. Kejsar Tiberius hade låtit sina slavar bygga det under tjugotalet på Jesu tid för att därifrån med bl a röksignaler styra det Romerska riket. Ryktet om hans grymheter spred sig snabbt bland urbefolkningen på den lilla klippön.

Drottning Victoria befann sig allt mer utomlands sedan flera år tillbaka. Och då nästan alltid i Munthes sällskap på

Capri och för det mesta i hans Villa San Michele, i alla fall dagtid. Villan låg högt, nästan på toppen av berget med en vidunderlig utsikt över Medelhavet. Vid vackert väder nådde sikten över havet ända fram till Neapel. Då kunde även hamnstaden Sorrento skjuta en bit ut i havet och lysa om natten som ett vackert konstverk i alla färger när stadens tiotusentals neonljus speglade sig i det blänkande Medelhavet.

Den femtonde maj 1907 hade Axel Munthe ingått äktenskap med den förmögna Hilda Pennington-Mellor i London. Hon var barnbarn till en biskop och hade ärvt stora slott och herresäten, bl a i Frankrike. Hon födde två gossar ganska tätt inpå varandra, Peter och Malcolm, men Axel lär inte ha stannat så länge i hennes och gossarnas närhet, utan ganska snart återvänt till Capri där Victoria väntade. Hon blev drottning i december 1907 när hennes svärfar, kung Oscar II dog och hennes make kronprinsen blev kung Gustav V.

Vi kan ju fråga oss om äktenskapet med Hilda berodde på Munthes förälskelse i den vackra och mycket rika kvinnan som dessutom var så ung, endast tjugoett, medan han var närmare femtio och ögat hade börjat krångla, det som annars fungerade. Var det så att han på köpet fick tillgång till värdefull konst och exklusiva antika föremål som han var mycket förtjust i, eller att han som drottningens livläkare var mer eller mindre tvungen att gifta sig för syns skull. Kanske det till och med var en förutsättning för honom att erhålla fortsatt förtroende av kungafamiljen som livläkare. Att han var gift ingav säkert förtroende och mindre skvaller. Axel

32

Munthes relation till sönerna var inte den bästa. De träffades mycket sällan. Hilda var inte heller så glad för Axels delaktighet i pojkarnas fostran. Hon hade så småningom börjat inse vem hennes make egentligen var. Bland annat insåg hon att Axel inte kunde anpassa sig till ett normalt familjeliv, men hon förstod kanske inte riktigt varför, bara det att han hade ett tydligt avvikande beteende eller ett säreget sätt att vara på. Hans begränsade förmåga att leva i ett familjeliv var uppenbar. Sen kan vi ju trots allt fråga oss, om äktenskapet med Hilda var ett sofistikerat sätt för Munthe att vilseleda det svenska folket och hovet med alla sina anställda, där ryktet gick om hans förhållande till Victoria, som nu hade utvecklats till intim kärlek. Det såg bra ut att han var gift samtidigt som han levde den mesta tiden med sin vördade, kungliga patient. Han anade förstås att svenska folket undrade hur det egentligen förhöll sig, men kunde absolut inte tänka sig att hans relation med Victoria på något sätt skulle förändras eller skadas. Han var verkligen beroende av henne på många sätt och kunde ganska väl härbärgera henne som av statens välbetalda livläkare, förutom att vara hennes älskare. Detta unika förhållande att han inte behövde gifta sig med Victoria passade doktorn som hand i handske.

Makarna Munthe och Hilda separerade 1919, men tog aldrig ut skilsmässa. Vi kan fråga oss varför. Munthe såg i alla fall till att hans hustru fick ett stort vackert hus i Dalarna, i en underbar grönskande miljö nära till vatten. Där kunde Hilda bo med sönerna om somrarna och Axel hälsa på. Huset som låg vid södra Siljan där sjön smalnade av, fick heta

Stengården. Det var ett gediget hus byggt i sten, till skillnad
från alla andra hus däromkring som var byggda i trä och var
Faluröda. Huset var Axels morgongåva till Hilda i samband
med giftermålet, men blev inte klart förrän 1911. Efter
Hildas död 1967 fick huset byta namn till Hildasholm.
Munthe lär ha hälsat på familjen där någon gång. Men då
tyckte Hilda och barnen att han alltid gick så fort och nästan
sprang ifrån dem vid deras promenader i det vackra
landskapet. Inte ens vid en promenad i naturen lyckades
Axel Munthe hålla samman familjen och vara en del av den
lilla flocken. Han var förmodligen fullt upptagen av annat.

    – Axel! Du kan väl vänta in oss! Vi vill ju promenera
      tillsammans, ropade Hilda, när han bara försvann
      springande framför dem.

Då stannade han till, såg frågande ut och inväntade
familjen, men sa inget. Han befann sig ofta någon annan
stans i sitt huvud.

När prins Wilhelm och hans hustru Maria Pavlovna med
deras lille son Lennart var på besök hos Munthe i Villa San
Michele, hade Munthe gjort opassande närmanden till
Wilhelms hustru. Axel hade blivit så attraherad av henne, att
han inte kunde dölja och hålla tillbaka sin starka attraktion
för henne. Kanske berodde det också på det faktum att
Maria var storfurstinna av Ryssland och därmed tillhörde
makteliten. Detta väckte hans enorma nyfikenhet. Axel
sökte sig ju alltid till det förnäma. Maria hade nyligen blivit
mamma och fött en gosse 1909 som fick namnet Lennart.
Prinsparets besök hos Munthe blev helt misslyckat.
Munthes närmanden var mycket opassande och så

provocerande för Maria, att hon hade flytt därifrån i panik och tagit maken och barnet med sig. Detta hände något år före första världskriget. I samband med krigets utbrott lämnade Maria prins Wilhelm på slottet Stenhammar med den femårige sonen och for tillbaka till Ryssland. Maria fick inte ta med sig lille Lennart, som hon både hade burit och fött. Prinsen tillhörde Sverige och skulle därför stanna hos pappan. En pappa som egentligen inte hade tid med honom. Maria Pavlovas äktenskap med prins Wilhelm var även det ett konvenansäktenskap för att stärka banden mellan de gamla arvfienderna Sverige och Ryssland. Men Maria valde snart att gå sina egna vägar. Hon var en osedvanligt stark kvinna. Äktenskapet kraschade och blev Bernadotteklanens första kungliga skilsmässa.

Victoria hade redan före 1893 förälskat sig i Axel, då hon utsåg honom till sin personlige livläkare. Hon hade mått fruktansvärt dåligt under sin senaste graviditet och tagit alldeles för många mediciner. Kanske det var därför som hon födde ett barn som visade sig var behäftat med sjukdomar som kom att förkorta hans liv. Axel gjorde säkert allt han kunde för att få Victoria att må bättre. Deras ömsesidiga kärlek var av stor betydelse för henne. När hon var försjunken i hypnos och massage, fick Axel henne att må bättre.

Axel slapp att spela rollen som make när han var med Victoria. Båda visste sina roller och var måna om att bevara dem. Det tycktes heller inte vara någon som öppet kritiserade eller ifrågasatte deras intima samvaro som kostade svenska staten stora summor, särskilt när Victoria vårdades i Italien. Svenska staten betalade ut stora summor till Munthe så länge kungen godkände, och det gjorde han uppenbart välvilligt. Det bidrog kanske också till att Munthes förmögna kvinnliga patienter aldrig fick någon räkning från honom för sina behandlingar. Munthe erhöll i stället presenter från dem, bl a båtar, unika skulpturer och mycket annat värdefullt.

Med sin sjuka maka som var fast i Rom, kunde Hans Majestät röra sig fritt och känna sig fri i sitt stora slott utan insyn. Han hade efter hand börjat se sig om efter något som kunde tillfredsställa hans böjelser. Då fanns det inte plats för en observant och krävande hustru samtidigt, en hustru som han hade vänt ryggen för länge sedan. Detta i ömsesidigt samförstånd förstås, eftersom hon hade valt en annan man att leva resten av sitt liv med. Att leva åtskilt, var nog det enda som de kungliga makarna var riktigt överens om.

När kungaparets son Erik hade dött i september 1918 förändrades mycket. Familjen befann sig i stor sorg. Prins Erik var dessutom drottningens mest älskade barn som hon gett extra stor omsorg, eftersom han var sjuklig under hela sin uppväxt. Victoria visste ju att hon skulle förlora honom i förtid, men hennes make förväntades inte förstå, när det gällde att stötta henne i denna sin stora sorg, trots att han faktiskt var far till prinsen, men sällan umgicks med honom. Han hade alltid annat att sköta. Munthe blev då Victorias räddare som alltid fanns där för henne, inte minst när hon som mest behövde. Han fick åter träda in och stötta henne som det professionella stöd han var. Hans specialitet var ju att läka kvinnor som mådde dåligt på olika sätt. Victorias och Axels relation fördjupades genom deras intima möten och samtal vid alla kriser. I sin dragning till varandra fanns en underton av djupt samförstånd. En inre känsla löpte som en röd tråd i deras förhållande. Victoria hade sedan länge förstått att hennes make inte var särskilt intresserad och attraherad av henne sedan lång tid tillbaka. Hon hade ju själv vänt honom ryggen ganska tidigt, när hon insåg att han allt mer drogs till unga män, vilket passade henne utmärkt. Då kändes det lättare för henne att fortsätta utveckla relationen till Axel. För Victoria var det säkert naturligt, men inte självklart, att odla och bejaka sin kärlek till sin livläkare. Men trots det, tvingades hon ständigt förtränga alla de skam- och skuldkänslor som allt emellanåt plågade henne, eftersom hon aldrig lyckades befria sig från sin religiösa fostran under sin uppväxt. Den kristna trosläran som krävde trohet och absolut kyskhet hos unga kvinnor, var två av de mest grundläggande och stränga regler som drabbade dem. Att icke leva i synd. Om det trots allt var så, fick hon krypa till korset och skamfylld be Gud om förlåtelse.

På senare år hade Engelberth Bengtsson avancerat som kammarvaktmästare och vunnit kungens största förtroende och därför blivit Hans Majestäts närmsta hovlakej med ansvar för allt det personliga kring honom. Bengtsson var verkligen att lita på, men ännu hade Bengtsson inte den ringaste aning om den obehagliga överraskning som väntade. Den som innebar att kungen på Bengtssons bekostnad, snart skulle bli helt befriad från insyn och kunna ta emot vem som helst om kvällen.

Victoria hade besökt Stockholm året innan och gratulerat sin make på hans 70-årsdag, mest av pliktskyldighet. Annars skulle det säkert sticka i ögonen på folk. Hon förväntades dyka upp vid hans sida som vanligt, klädd i sin stora svarta hatt med nät för ansiktet och den långa, veckade grå klänningen som många var vana vid att se henne i. Om hon inte dykt upp, skulle säkert många fråga sig: Var är vår drottning nu, när hennes make fyller sjuttio? Tanken skrämde henne. Hon var rädd för skvallret som låg på lur bland personalen. Hon ville inte riskera att folk började misstänka. Victoria önskade bara att få vara ifred med sin livläkare på Capri. Hon var nu allvarligt sjuk och inget fick störa den angenäma tillvaron på Capri. Hennes högsta önskan var att få vara så långt bort ifrån Stockholm som möjligt. Victoria lämnade Sverige direkt efter uppvaktningen och for genast iväg till Munthe på Capri och lite senare vidare till Rom där en stor villa väntade som svenska staten hade köpt in för hennes vård.

Sensommarsolen värmde gott i Stockholm och det var riktigt vackert väder. Kungen hade nyligen fyllt sjuttioett och hans syn hade försämrats. Hans stora runda glasögon kasade ibland ner en bit på hans långa, beniga näsa. Då släppte han nålen och satte den på måfå i tyget medan han försiktigt petade upp dem med pekfingret, tog nålen på nytt och fortsatte brodera medan safiren på manschetten gnistrade till i solen. Han broderade gärna vid ett stort fönster eftersom han behövde allt ljus för att få nålen rätt i tyget. Korgstolen var hans absoluta favorit där han satt i godan ro, fullständigt avkopplad och tillfredsställd. Ja, han till och med log lite för sig själv allt emellanåt. Undrar vad han tänkte på? Var det något på radion som roade honom, eller var det bara hans egna tankar och fantasier som fick honom att le. Var det de svåra tankarna, att han strax skulle framföra drottningens krav till lakej Bengtsson att tvinga honom till Rom för att tjänstgöra som drottningens hovbetjänt? Log han omedvetet för att dölja obehaget inför problemet han stod inför? Kungen ville ju egentligen inte såra sin nygifte hovlakej och lämna honom ifrån sig till sin maka. Men han förstod att hon nu hade det mycket svårt och att det hade uppstått många problem som de inte kunde reda ut där i sjukstugan i Rom. Munthe hade hört av sig och var var uppenbart på väg att ge upp. Kungen var tvungen att följa sin hustrus vilja. Han hade inget val. Förstod att slutet närmade sig.

2

Det oväntade beskedet

Den grånande och till åren komna monarken skulle snart få sitt eftermiddagste serverat av hovlakej Bengtsson, men ingenting blev som det brukade vara. Kungens trofaste lakej var helt aningslös om vad kungen hade i bakfickan denna ödesdigra eftermiddag. Bengtsson, som i sin familj rätt och slätt kallades Ebbe, var nygift och hade nyligen flyttat ut från sin tjänstebostad på Kungliga slottet där han bott i lite mer än sju år. Efter nyss ingånget äktenskap med sin älskade Mia som var hans första stora kärlek, såg han nu fram emot nya tider. Framtidsdrömmarna med Mia började ta form. De nygifta hoppades på ett fint och lyckosamt familjeliv. För Mia var deras äktenskap det bästa som hänt henne. Hon hade inte haft det så lätt i sin familj som präglats av sorg sedan hon var tolv. Fram tills dess var allt gott och väl. Hon var lillasyster i en mycket kärleksfull familj som bodde i en tvåa i Gamla stan. När kungen för en tid sedan frågat

Bengtsson hur de nygifta skulle fira, hade de inte planerat för något särskilt. Jo, de ville ju fira förstås, men inte bestämt när och hur.

– Skulle Bengtsson vilja avnjuta en god middag med sin nyblivna hustru på restaurang, kanske?

Hade kungen undrat, som då i mycket vänlig ton erbjudit dem bröllopsmiddag på Berns salonger där de kunde äta och dricka vad de ville och be den populära restaurangen att skicka notan till hovet.

– Oj då, det var värst, Ers Majetät!

Ebbe hade bockat extra djupt och tackat Hans Majestät, men lite tveksam i tonen.

Hans magkänsla sade honom att bakom Majestätets erbjudande låg något obehagligt som han inte kunde sätta fingret på. Men för Mia kom det där med bröllopsmiddag på Berns salonger som en oväntad överraskning.

– Nämen vad säger du Ebbe? Bjuder kungen oss på bröllopsmiddag på Berns Salonger?

– Ja. Så är det. Jag var först lite tveksam, men han lyckades övertala mig. Det var när han hänvisade till dig och undrade hur du skulle ta det. Då var det svårt att säga nej tack.

Trots Ebbes tveksamhet till kungens erbjudande, blev det som han föreslagit. De nygifta hade patat om det, bestämt sig och tackat ja. Det var han verkligen värd, hade kungen menat i sin iver att göra gott för sin nygifte lakej. Mia såg verkligen fram emot middagen och bröllopsdanserna. Hon förstod att Ebbe var en bra danskavaljer. De börjat planera och titta på kläder. Det var första gången i hennes liv som hon var bjuden på en så exklusiv restaurang, och dessutom av kungen själv. Mia blev riktigt upprymd, ja, lite skakig.

Kungen var mycket glad för Bengtsson, men på ett speciellt, förbjudet sätt. Det var kanske det som skapade känslor av oro hos Ebbe, vilket han inte ens vågade nämna för Mia. Han visste inte hur hon skulle reagera, men hans yngste bror Assar, fick veta. Han var den ende av syskonen som alltid fick veta när Ebbe kände oro eller fick problem som han inte kunde hantera själv. Och det var i all hemlighet, ofta om natten per telefon till Malmö, när Assar hade spelat färdigt på dansbanan. Då ringde Ebbe honom och berättade om det hade hänt något som Ebbe farit illa av i kungens närhet. Assars fru fick aldrig veta för hon skulle inte klara av det. Därför förblev dessa samtal en förbjuden hemlighet ända fram till hennes död i oktober 1999.

Ebbe och Mia var inte vana vid att äta så exklusivt, men de firade med mat och dryck så gott de kände var anständigt. Ingen av dem hade någonsin förut varit i närheten av att äta så exklusivt och dessutom så dyrt som det visade sig skulle bli. Eftersom den lilla salongsorkestern på restaurangen spelade mycket bra dansmusik, blev det många sköna bröllopsdanser, mest vals förstås, som var Ebbes favorit, eftersom han var mycket bra på att dansa och tyckte om att ta ut svängarna. Han gillade speciellt tretakten. På ett elegant sätt tog han avstamp på ettan i takten, lyfte sin brud på andra taktdelen för att därefter varsamt och smidigt sätta ner henne på den tredje och snurra vidare i dansens virvlar. Han kunde verkligen hålla takten och föra sin dam på bästa sätt.

Och Mia njöt fullt ut. Hon hade aldrig någonsin förr dansat på det sättet i sitt liv. Mia var mycket lycklig, och Ebbe hade funnit sitt livs danspartner. Dansen förde dem än mer samman. Mia var tjugofyra och Ebbe trettiotvå.

Ebbe älskade att sjunga och spela piano, förutom att han var en valsens mästare i sin familj med fyra yngre syskon. Det skulle Mia fått upptäcka efter hand som tiden gick, förutom brudvalserna som hon njöt av i Ebbes armar för en tid sedan på Berns salonger förstås, om inte annat kommit i vägen. Ännu en gång. Mias liv hade kantats av olyckor. Hon var nu verkligen glad och tillfreds och kände sig mycket lycklig som nygift med världens bäste man, fylld av musik och dans. Ja till och med glada skratt. De hade väldigt roligt tillsmmans. Mia älskade Ebbe och satsade allt på deras gemensamma framtid. Men det skulle dessvärre sluta riktigt illa.

När Ebbe fick beskedet, eller snarare den order som kungen bar på denna ödesdigra eftermiddag, skulle allt ställas på sin spets. Den glada och förväntansfulla framtiden vändes snabbt till vånda och frustration hos de nygifta. Deras förhoppningar och drömmar om framtiden slogs i spillror. Det var första gången på sju år som en allvarlig konflikt uppstod mellan Sveriges kung och hans lojale lakej. Kungen anade nog att det skulle slå hårt mot Ebbe och hans hustru, men han hade inget val. Drottning Victoria hade bestämt sig för hur hon ville ha det sin sista tid i livet. Hon närmade sig snart de sjuttio, och förstod att hennes tid på jorden var i sitt slutskede på grund av hennes svåra sjukdom. För henne fanns ingen mer än Bengtsson och hans hjälp att tillgå och vågade lita på, när hon nu befann sig sängliggande i Rom. Hon behövde akut hjälp, inte bara av sin livläkare Axel Munthe, översköterskan fru Bergman och två andra sjuksystrar. Där fanns mycket annat att göra och hålla reda på i sjukstugan. Därför hade Victoria länge haft Ebbe i sina tankar. I detta utsatta läge som hon nu befann sig, var det bara han som gällde. De kände varandra väl, och Ebbe hade vunnit hennes största förtroende från allra första början. Ja, ända sedan första gången de sågs för mer än sju år sedan.

Kungen tvingades ännu en gång följa sin hustrus vilja som hade telegraferats från sjukstugan i Rom. Kungen visste sin plats sedan långt tillbaka. Victoria var fortfarande navet i familjen trots hennes långa utlandsvistelser och dessutom som nu, var mycket sjuk. Hon bestämde fortfarande familjens inre angelägenheter och ville snarast möjligt ta del av Ebbes tjänster. Victoria menade att det nu var hennes tur att få Ebbes hjälp. Hennes make fick inte längre ha honom för sig själv. Victoria tyckte att hon behövde honom bäst. Hennes sista avgörande beslut i livet, var att absolut inte dö i sitt hem på Stockholms slott.

Svenska staten hade nyligen köpt in en stor villa i Rom för Victoria, där hon nu vårdades. Axel Munthe hade ordnat med köpet. Villan hade tidigare tillhört grekiska staten. Det pampiga huset låg i en lummig återvändsgränd i norra delen av staden på lagom promenadavstånd till Tibern. På samma gata fanns många andra stora villor, höga träd och buskar. Den gråputsade gedigna villan med elva rum i två plan, fick namnet Villa Svezia. Drottning Victoria ville möta döden i sitt älskade Rom, med doktor Munthe i sin omedelbara närhet. Men hon kunde inte ana på vilket sätt döden skulle befria henne från hennes förfärliga smärtor och "föra henne till andra sidan", som hennes livläkare brukade uttrycka sig. Ett uttryck han använt när människor i ett koleradrabbat Neapel hade dött som flugor under hans magiska blick och händer, med eller utan morfinets hjälp. Munthe besatt uppenbart hypnotiska krafter som hjälpte svårt lidande och i många fall döende människor att lämna jordelivet smärtfritt och vandra över till andra sidan. Victoria hade nu varit hans patient och närmsta förtroliga i nära fyrtio år.

Medan kungen njöt och lyssnade till duvornas trippande och kuttrande på fönsterblecket, hörde han Ebbes försiktiga knackningar på dörren. Kungen visste precis vem det var.

    — Stig in, Bengtsson!

    — God eftermiddag Ers Majestät! Varsågod! Här har han sitt eftermiddagste med lite tilltugg. Det blir hjortronsylt till skorporna, eftersom det är söndag. Håll till godo!

Ebbe log artigt, medan han ställde fram.

    — Ja men tack, Bengtsson. Han vet verkligen vad jag vill ha, sa kungen och sneglade på Ebbe, som bara stod där helt stilla och tacksamt tog emot.

    — Bra, lade kungen till och sken upp, samtidigt som han följde Ebbe med en tankfull blick så fort Ebbe vänt ryggen till och tagit bort brickan.

Ebbe placerade den halvfyllda brickan på bordet en bit från kungen och hällde upp det rykande teet i en guldkantad kopp där kungen kunde doppa skorpan. Ebbe ställde också fram silverskålen med sockerbitarna och en annan skål med varm mjölk vid sidan om. Kungens te skulle alltid ha rätt styrka och gärna med en skvätt vispad varm mjölk. Det var han alltid noga med. Ebbe var mån om att tillfredsställa sin arbetsgivare på bästa sätt, väl medveten om att den norrländska hjortronsylten var kungens favorit.

    – Det ser bra ut Bengtsson, sa kungen och log, samtidigt som han la ifrån sig tyget med den stora nålen i och satte sig vid det lilla bordet och tog en skorpa som han bredde lite smör på.

Ebbe var precis på väg att lämna, när kungen plötsligt bet ihop och tittade på Ebbe med ett osäkert, men bestämt uttryck:

    – Jag vill att Bengtsson stannar kvar en stund. Ja sätt sig ned Bengtsson. Jag har något att säga honom.

    – Jaså, vad kan det vara?

Ebbe satte sig tveksamt på en stol mitt emot kungen, vars ansikte rynkades en aning av osäkerhet.

    – Jo, nu är det så här Bengtsson, sa kungen efter att han svalt första tuggan och läppjat lite på teet för att mjuka upp skorpan, och tagit en tugga till.

Framtänderna som blottades mellan tuggorna var inte i bästa skick efter alla de tusentals cigaretter som han hade konsumerat genom åren som kedjerökare. Han förde upp glasögonen med ett långfinger, tittade allvarligt på Ebbe och fortsatte:

    – Drottningen har blivit sämre, ja faktiskt sjukare om man så vill. Hon är inte alls nöjd med den italienska personalen i Villa Svezia. Ingen där kan prata engelska och de förstår sig inte riktigt på henne. Det blir sköterskorna och doktorn som hela tiden får reda ut saker och ting.

Ebbe började ana det värsta. Såg plötsligt Mia framför sig när han skulle komma hem och berätta. Men vad?

– Oj då! Det låter inte alls bra, sa Ebbe. Men hur sjuk är drottningen då, fortsatte han och slog ut med händerna.

– Ja, doktor Munthe menar att hon nog inte har mer än ett par månader kvar. Hennes lungsot har förvärrats. Hon vaknar ofta på nätterna i svåra hostattacker och förfärlig smärta. Det har också tillstött andra besvärligheter. Hon har fått problem med …

Kungen avbröt sig plötsligt. Det var tydligen alltför pinsamt för honom att berätta om sin hustrus intima detaljer. Ebbe förstod ingenting.

– Så, hur tänker Hans Majestät?

Ebbe kastade en blick på kungen och insåg att dåliga nyheter väntade. Hjärtat började bulta, samtidigt som han skräckslagen tittade på kungen, som fortsatte:

– Jo, bäste Bengtsson. Det bär mig emot att säga det, särskilt som han ganska nyligen ingått äktenskap och flyttat ut från slottet. Jag, hm … Jag måste nu be Bengtsson att resa till Rom och tjänstgöra som drottningens hovbetjänt för att ta hand om allt som behöver göras där. Munthe och sköterskorna svarar ju för hennes hälsa, eller som läget är nu, vårdar henne så gott det går. Sen återstår mycket arbete för att allt ska fungera i huset, särskilt med tanke på personalen. De flesta är tillfälligt anställda italienare och vet inte riktigt hur de ska sköta sitt arbete så drottningen blir nöjd. Eller i alla fall så pass bra, att hon kan känna sig något sånär tillfreds.

Medan kungen höll sin långa utläggning, reste Ebbe sig hastigt med den vita serveringsduken över armen och markerade sin frustration, samtidigt som han uppgivet slog ut med händerna som han aldrig tidigare gjort:

— Vad? Vad säger Ers Majestät? Ska jag …? Ska jag fara till Rom nu när min hustru och jag har övertagit ett konditori i Solna och börjat planera och bygga vårt gemensamma hem? Precis som jag berättat för kungen för ett par veckor sedan. Det går ju bara inte!

— Jo Bengtsson, tyvärr. Jag måste följa min hustrus vilja. Han ska snarast resa till Rom för att vara hennes hovbetjänt, så länge det varar. Hur länge det blir, har vi ingen aning om. Enligt drottningen finns det ingen annan än Bengtsson som hon känner sig trygg med och vågar lita på.

— Nämen ärade Hans Majestät! Min hustru blir förtvivlad om jag berättar. Hon kan absolut inte tänka sig det. Nu när vi precis har börjat planera vår framtid. Det måste finnas en annan lösning. Annars blir jag tyvärr tvungen att …

Kungen avbröt honom precis när han skulle till att hota om uppsägning för att påtala det orimliga.

— Bengtsson! Jag ser att han blir upprörd, och det förstår jag, men han har inget val. Det är en order. En kunglig order!

Kungens ansikte vittnade nu om en viss osäkerhet. Hans ansiktsmuskler spelade bakom de stora glasögonen och fick den yviga mustaschen att röra sig. Han förstod ju att han sagt något som inte hamnade så väl hos Ebbe. Därför gjorde han nu allt för att se bestämd ut och tog till sitt maktspråk, väl medveten om att ingen vågade motsätta sig det. Ebbe tystnade en stund och försökte samla sig, men svarade så hövligt han kunde:

– Jag får väl tänka över det här då och ber att få återkomma, sa han, samtidigt som han lämnade bordet och rörde sig runt i en cirkel på den mjuka mattan, uppenbart upprörd och förvirrad.

– Nej Bengtsson! Han har ingen betänketid! Han ska vara färdigpackad för resan snarast. Så är det bara. Drottningen väntar och jag har lovat. Hälsa hans hustru att det är så här vi måste lösa drottningens problem.

Ebbe stannade till, vänd mot kungen i ett försök att ännu en gång ta upp frågan om att säga upp sig, men blev osäker och avstod. Visste inte hur han skulle formulera sig. Bet ihop. Insåg att han inte hade något val och sade, i ett högt, anklagande tonläge:

– Adjö då, Ers Majestät!

Bestämd och irriterad, vände Ebbe sig om och tog sikte på dörren.

– Nej vänta, Bengtsson! Det var en sak till. Karl Otto Bonnier har kontaktat doktor Munthe och bett om att få ge ut hans bok om San Michele på svenska. En engelsk förläggare gav ju ut boken förra året och den fick mycket goda recensioner.

– Ja, jag vet, svarade Ebbe. Det har vi pratat om. Jag hjälpte doktorn att översätta förra gången vi träffades men vi blev aldrig klara. Det gjorde vi i våras under ett par månader på Capri när det var några sidor kvar. Munthe hade redan då svårt att se. Han bad mig därför om hjälp och det fungerade bra.

– Nämen vad bra Bengtsson, svarade kungen. Då kanske ni kan göra det färdigt när Bengtsson är där. Doktor Munthe har lovat drottningen att boken ska komma ut på svenska medan hon lever, sa han, och Munthe vill dessutom dedicera den till henne. Munthe uttryckte särskilt att han vill ha Bengtssons hjälp att skriva färdigt. Han har ju bara ett öga som han ser dåligt med nu, den där doktorn.

Kungen raljerade gärna om sin hustrus livläkare och kallade ofta Axel Munthe för den där doktorn när han blev irriterad. Han visste ju att Munthe och Victoria hade en mycket varm och nära relation sedan många år. Men egentligen tycktes kungen inte bry sig något vidare. Han var van vid att leva sitt liv på egen hand och var rent av tacksam för Munthes hjälp, vad den än bestod av. Bara han slapp henne. Att en stor del av Victorias apanage gick till hennes älskare däremot, brottades han ständigt med, men lyckades för det mesta tränga bort. Om han lagt sig i, hade han säkert fått det hett om öronen. Hans maka var oantastlig. Han var dessutom också rädd för henne.

– Ja, Ers Majestät, vi kommer bra överens, doktor Munthe och jag. Jag hjälper honom gärna att skriva och göra färdigt det vi påbörjade i våras, men jag har absolut ingen lust att lämna Stockholm nu. Min hustru skulle bli förtvivlad om hon hörde detta.

Ebbe jestikulerade med händerna och tittade stint på kungen för att förstärka sin upprördhet.

– Ja ja, det kan jag mycket väl förstå Bengtsson. Men vad gör vi när både drottningen och doktor Munthe ber om hans hjälp?

– Det uppskattar jag naturligtvis, sa Ebbe, men kungen förstår väl att jag inte kan lämna min hustru ensam nu? Och dessutom på obestämd tid!

– Javisst, visst Bengtsson. Men nu är det som det är. Finns inget annat att göra. Adjö då Bengtsson, men glöm inte att komma tillbaka och hämta brickan om en halv timme, ungefär. Då behöver han inte knacka. Jag fortsätter brodera och vill inte bli störd. Och förresten:

– Lägg på en skiva innan han går. Vivaldis Årstiderna, tack!

Ebbe rasade inom sig och letade motvilligt fram den svarta bakelitskivan med röd etikett och sirlig text i svart. Med skakiga ben och okontrollerade rörelser la han stenkakan på grammofonen och lyfte den lilla mikrofonen och satte den spetsiga nålen av stål på åttonde spåret som var andra satsen i Vivaldis "Hösten", för han visste att första satsen "Våren" var kungens favorit. 78-varvaren var inbyggd överst på en stor kommod där kungens privata servis fanns under, bakom skåpdörrarna framtill. Därför hoppade han över den i sin vrede, och skruvade upp ljudet på högsta volym. Ebbe hoppades att det skulle störa Hans Majestät. *Får se vad som händer*, tänkte han. Men kungen drogs nu med allt sämre hörsel. Tycktes inte lägga märke till Ebbes ofog. Ebbe var uppriven och behövde avreagera sig på något sätt. Men vad kunde han göra, han som sällan blev arg och var en accepterande människa i grund och botten, vilket nog var ett arv från hans underbara, kloka mor. Hon hade ju varit med om tragedier som format henne till en både tacksam och accepterande kvinna, för att inte tala om den ödmjukhet hon utstrålade. Ebbe var uppenbart präglad av henne.

När Ebbe i all hast gav sig iväg mot dörren, kastade han en vrång blick på kungen och undrade om han skulle reagera på det orimligt höga ljudet. Men inget hände. Med handen på dörrhandtaget, vänd mot kungen som redan vänt ryggen till, tappade Ebbe fattningen och slängde ur sig så högt han kunde och la all sin ilska i tonen:

— Adjö då, Ers Majestät, skrek han rakt ut i luften och stängde dörren så hårt att det hördes.

Det där var inte likt mig, kände Ebbe plötsligt, när han hörde sin egen röst. Ebbe blev sällan arg. Han visste att det aldrig lönade sig. Att bli arg är bara energislöseri, drog bara energi från den egna kroppen och skadade hjärtat om det ofta upprepades. Att arga gubbar dör tidigt hade han redan hunnit upptäcka.

Den till synes oberörde kungen hämtade sitt broderi och flyttade korgstolen en aning så att solen fortfarande fann sin plats på den. Han satte sig och fortsatte brodera. Hans ansikte präglades av lugn. Kungen såg ut att verkligen trivas med det han gjorde, men var totalt aningslös om vilka konflikter och utmaningar han skulle komma att ställas inför framöver, eftersom han drogs till skamliga och dessutom åtalbara handlingar. Men vad då? Han var ju också statschef och därmed åtalsimmun. Men betydde det att han gärna gjorde som han ville och kände för utan att bry sig? Det var ju inga saker av det värsta slag han tillät sig, ansåg han. Eller förträngde. Hade hans självbestämmande gått honom åt huvudet efter så många år som ensam herre på täppan? Var det många som undrade. I synnerhet stockholmarna, men inte minst personalen på slottet. Skvallret och snacket florerade bakom de flera hundra dörrarna om kungaparet och vad de hade för sig. Något som säkert gav de anställda energi och en gemensam känsla av samhörighet. Det behövdes, eftersom personalen var mycket underdånig den kungliga familjen. Alla neg och bockade djupt varje gång de mötte någon i kungafamiljen, om så det var flera gånger om dagen. Det var nog inte så roligt att vara personal som fick bocka, buga eller niga tjugo gånger om dagen som drottningen krävt när hon var där. Kungen var inte så noga.

Kungafamiljen förde alltid sina samtal på engelska när personal fanns i närheten. De gjorde medvetet så för att personalen inte skulle förstå, men kungen och drottningen hade nog misstagit sig en hel del. Många förstod.

3

Kurt Haijby dyker upp

Ebbe lämnade slottet i ursinne för en promenad i Gamla stan. Han behövde tänka igenom den påtvingade resan som väntade. Han lyckades ju inte särskilt bra med sitt hot om att säga upp sig med omedelbar verkan. Insåg att det skulle vara svårt att hitta ett nytt jobb efter mer än sju års tjänstgöring hos kungafamiljen. Varför slutade han ett så bra och tryggt jobb? Vad skulle folk tänka? Hade han gjort något galet? Vart skulle han ta vägen? Frågorna hopade sig.

Ebbe stångades med svåra frågor där de rätta svaren saknades. Frågor av alla de slag malde i huvudet på honom och stressen tog vid. Han var tvungen att tänka om. Tvingades i stället att fundera på hur han skulle berätta för Mia. Det kändes svårt. Hon kommer att ta det hårt, tänkte han. Därför blev det långa promenader på de trånga gatorna av gammal kullersten där det på sina ställen låg stora, doftande högar av hästskit utspridda lite varstans som det gällde att undvika. Det vimlade av människor av olika slag.

Kvinnor med stora hattar och långa klänningar kom bärande och släpande på mer eller mindre tunga tygsäckar som de virat runt handen eller hängt över axeln. Män i alla åldrar var på väg åt olika håll. Somliga med snus som rann nerför den orakade hakan, andra med en rykande cigarrett i mungipan. Många människor av alla de slag som han mötte på de blanka kullerstensgatorna irrade runt mellan hus i alla möjliga färger. De hus som var murade i någon slags korsvirke trängdes mellan de putsade husen i rött, grått, grönt eller gult.

Ebbe började långsamt öka takten och tittade upp från trottoaren ibland, men såg inte dem han mötte. Försvann in i sig själv. Bara gick och gick, planlöst rakt fram med blicken riktad på trottoarkanten framför sig för att inte trampa snett. Det låg ju hundskit var som helst på trottoaren som han försökte undvika. Han kan ju inte komma tillbaka till kungen med hundskit under skorna. Det sprider sig som en förfärligt illaluktande odör på många meters avstånd. Alla han mötte som han väjde för undrade nog vad det var för en konstig prick som gick så där uppenbart planlöst och stirrade ner i gatan. Han saktade in, gick långsammare för att ta ner pulsen, okoncentrerad med hatten nedtryckt över huvudet. Förvirringen lyste runt honom där han försvann i vimlet. Dem han mötte såg direkt att han var helt försjunken i sina egna tankar. Ingen kunde ana vad som var på gång och ingen kunde ens tänka sig, att han var på väg från självaste kungen i största ilska. Han var visserligen klädd i någon slags söndagskostym som stack ut bland folket på gatan, men det var han inte ensam om. Där fanns fler herrar som var lika propert klädda. På det sättet väckte han inte särskild uppmärksamhet, men dock en viss, eftersom han promenerade så okoncentrerat och förvirrat.

Klockan närmade sig sex. Ebbe gav sig iväg mot slottet och kungens lägenhet som låg på tredje våningen. Kaos i huvudet och till synes fullständigt oberörd av det vackra vädret, som han annars brukade njuta av. Han var tillbaka vid dörren strax före sex och knackade på. Medvetet extra hårt den här gången.

– Stig på, hörde han svagt där inifrån.

Ebbe öppnade dörren på glänt och stack in huvudet.

– God afton, Ers Majestät!

– God afton, Bengtsson! Välkommen in.

Ebbe gick in och började duka av. Ställde servisen på ett litet bord inte långt från dörren där radion hade sin plats. Han stannade till och vände sig mot Kungen:

– Ja, nu ska vi se om vi kan leta fram kläder för kvällen och natten till Ers Majestät, sa han och tittade på kungen, så där lite trevande och tveksamt.

De gav sig iväg mot sovrummet. Ebbe gick före och öppnade de stora garderobsdörrarna och letade snabbt fram en av kungens favoriter, en mörkblå pyjamas med stora gula stjärnor. Pekade på den och tittade på kungen:

– Blir den här bra, Ers Majestät?

– Nej tack, svarade kungen kort.

Ebbe tittade än en gång in i skåpet och valde en annan pyjamas som han trodde kungen skulle gilla.

– Den här då?

– Nej. Inte den heller eller någon annan. Jag skulle hellre vilja ha en av mina morgonrockar innan vi väljer pyjamas. Ja den i siden. Den där blå. Det är ju söndag och jag vill känna mig fin innan jag lägger mig. Ta gärna den där med röda kanter. Sen väljer jag själv pyjamas.

– Visst. Som Hans Majestät önskar. Där har vi den.

Ebbe tog fram morgonrocken som kungen pekade på och la den på sängen framför honom. Kungen kastade en blick på den med uppsluppen min och vände sig mot Ebbe.

– Tack Bengtsson! Det blir bra så.

– Jamen. Är det något annat som Ers Majestät önskar sig?

– Nej tack! Jag inväntar snart fru Karlsson som ska servera min kvällsvard. Men det blir lite senare. Bengtsson kan ta ledigt nu och bege sig hemåt. Hälsa gärna hans hustru. Och glöm inte att berätta för henne!

Ebbe stelnade till. Handlingsförlamad. Stod bara kvar och tittade runt medan kungen rotade med tygerna.

Förbannade kung! Och fru Karlsson? Vem var hon? Tankarna snurrade i honom.

Kungen vände sig mot Ebbe och tittade bestämt ner på sin unge lakej som var ganska kortväxt. Det skilde nog på lite mer än tjugofem centimeter:

– Tack för i dag Bengtsson! God afton.

– Då så. God afton själv, Ers Majestät!

Ebbe trodde att han visste namnet på de flesta av dem som arbetade på slottet, men det var en ständig ström av alla som höll rent och städade och många andra, som lagade mat och serverade, för att inte tala om de många textilkvinnorna som tog hand om kläder, olika typer av tyger och ett par tusen dukar i alla möjliga material och storlekar, mest linne förstås.

Ebbe lämnade kungens våning och gav sig iväg genom slottets smala korridorer. På väg ner genom den trånga, något vridna trappan med fotsteg i rött tegel och vitkalkade väggar, mötte han plötsligt mannen som han hade sett tidigare några gånger på avstånd men aldrig hälsat på. Att han hade en restaurang i stan visste Ebbe. Skvallret hade nått hans öron. Mannen som tycktes vara i samma ålder som Ebbe, var klädd i en smårutig kavaj, ljusa byxor och väl putsade, svarta skor. Hans grå hatt var nerdragen nästan till öronen. Runt halsen hade han en vackert mönstrad ganska tjock sidenhalsduk som var virad upp till hattkanten. Ebbe kände igen honom direkt. Det var restaurangägaren som på sistone dykt upp några gånger framåt kvällen. Ebbe hade noterat det och frågat kungen vem den mannen var. Då hade kungen vecklat in sig i olika förklaringar om att det handlade om pilsnertillstånd. Den välklädde mannen visade sig vara Kurt Haijby som drev en restaurang tillsammans med sin fru och var på gång att ansöka om tillstånd för pilsner med lite starkare alkoholhalt. Kungen var den ende som kunde ge tillstånd för försäljning av alkoholhaltiga drycker i Stockholm. Men varför drog det ut på tiden?

Precis innan de möttes i trappan tog Ebbe initiativet:

– God afton, herr Haijby!

– God afton själv, herr Bengtsson!

Aj aj, han visste tydligen vad jag heter, tänkte Ebbe.

De passerade varandra i den trånga spiraltrappan och tryckte sina ryggar mot väggen för att inte komma för nära. Båda såg besvärade ut, var och en på sitt sätt, när de precis nuddade varandra. De lät sina blickar snabbt glida förbi medan baksidan av Haijbys hatt råkade skrapa mot den vitkalkade väggen så det blev en liten vit rand på hattbrättet baktill. Det upptäckte Ebbe när han vände sig om för att se vart Haijby tog vägen. Frågorna och tvivlet hopade sig. Det här känns inte bra. *Vad märkligt att Haijby alltid dök upp på kvällstid och fann sin väg just i den här trånga smala trappan, som egentligen bara används av oss personal.* Ebbe undrade vad som var på gång. Det började nu bli allt för mycket.

4

Mia

Efter en stund satt Ebbe på bussen till Solna för att möta sin hustru som väntade. Tankarna korsades i huvudet på honom. Han steg av bussen en bit från konditoriet som de hade övertagit för ett par veckor sedan. Stod först kvar en stund något förvirrad, men började långsamt gå medan bussen for iväg. Ebbe närmade sig sakta konditoriet. Stannade först till, men stegade sedan in i den lilla tvåan som fanns i anslutning till konditoriet, en bit bakom disken. Dagen innan hade de döpt om konditoriet till "Bengtssons Bullar" och låtit måla namnet på det stora fönstret mot gatan. De nya ägarna tyckte de ville ge en mer personlig känsla, än bara "Konditori". Mia var så glad och entusiastisk, att hon nu skulle bli sin egen företagare och få göra det hon önskat sig så länge. Hon hade äntligen sagt upp sig som servitris efter nästan tio år i branschen. Att jobba med sitt eget hade varit en dröm allt sedan hon slutat skolan vid fjorton. Mia hade äntligen funnit en snäll och rar man som hade växt upp i Malmö, en man som hon älskade över allt annat. Det kändes mycket bra att dela sitt liv med honom och också tänka på att bilda familj med. Hon roades faktiskt också av hans tydliga skånska dialekt. Det lät nästan som danska och tog lite tid för henne att förstå. Men vad gjorde det? Hon älskade honom och var beredd att göra allt hon förmådde för att allting skulle bli så bra som möjligt. Att han dessutom var anställd av det svenska hovet och hade sin tjänst nära kungafamiljen gav en extra trygg känsla.

Mia skulle i stort sett sköta och ansvara för konditoriet själv. Rosta kaffebönor, koka kaffe, baka och servera bullar med kaffe, eller te. Hon skulle ha öppet mitt på dagen, sex dagar i veckan, men stängt på söndagar. Mia var mycket social och älskade att prata med människor och bjuda på sina hembakta bullar. Särskilt kanelbullarna med eget recept, mycket smör och socker och lite kardemumma i degen, förutom kanelen förstås, med pärlsocker strött på det vispade ägget som hon penslat bullarna med. Det blev en läcker gul yta med inslag av små vita, söta pärlor på toppen.

Mia hade väntat otåligt och mötte Ebbe i dörren:

— Ebbe! Äntligen kommer du! Men, vad är det med dig? Har du blivit sjuk?

Mias ansikte tog ett helt annat uttryck så fort hon såg hans pressade ansikte. Från ett glatt leende när deras blickar möttes, till ett stort, oroligt frågetecken.

— Nej, jag är bara så upprörd. Det har hänt saker, sa han, samtidigt som han uppgivet slog ifrån sig med händerna.

— Men vad då? Varför? Vad är det som har hänt? Berätta!

Ebbe stannade till och vände sig mot henne:

– Jo Mia, så här ligger det till.

Ebbe fortsatte berätta för Mia om kungens besked medan hon långsamt satte sig på en stol. Hon knäppte sina händer och la dem i sitt knä och suckade djupt. Ebbe hade nog aldrig tidigare sett hennes ansikte så plågat.

> – Vad? Vad säger du? Vad menar du? Vad pratar du om? Det kan ju inte vara sant!

> – Jo, kära du. Men låt oss sitta ner i soffan och prata om det. Jag är fortfarande chockad och upprörd över beskedet i dag. Kan inte riktigt ta det till mig. Dessutom vill Munthe ha min hjälp att slutföra översättningen av hans bok. Den ska ges ut på svenska och Munthe har lovat drottningen att den ska bli klar innan hon dör. Och det är nära nu. Därför måste jag snarast resa till Rom.

> – Men Ebbe! Berätta mer!

Mia kunde inte sitta stilla längre. Hon reste sig snabbt ur stolen, gick runt och fäktade uppgivet med armarna, samtidigt som hon tittade på Ebbe. Hennes turkosa blus var uppknäppt så den veckade klänningen i grått och blått syntes i sin helhet. Det hade blivit riktigt hett. Båda hade hög puls av att de blivit så upprörda, men Ebbe fortsatte:

> – Ja, det är som jag sa. Kungen har beordrat mig till Rom där drottningen ligger mycket sjuk. Hon orkar inte med den italienska personalen längre. De förstår inte varandra. Ingen där pratar eller förstår engelska. Doktor Munthe och sköterskorna får ständigt rycka in och ta tag i saker och ting, förklara och ställa tillrätta.

– Neej! Det var förfärligt att höra! Vad ska vi göra?
Jag var så glad nu att vi både har någonstans att bo
och att vi snart ska öppna konditoriet. Det hade jag
verkligen sett fram emot.

Mia fäktade vilt med händerna medan hon pratade. Hon
slog dem resolut mot sidorna på låren medan hon tittade
stint på Ebbe.

– Ja Mia. Vad ska vi göra? Just nu är jag helt förvirrad.

– Nämen Ebbe! Det var ju hemskt att höra. Aj! Nu
fick jag ont i bröstet igen. Undrar vad det kan vara
som plågar mig från och till. Känner mig inte riktigt
bra och nu blev det värre …

Mia lade handen på magen. Smärtan syntes tydligt i
hennes ansikte. Kinderna spändes. Läpparna smalnade.
Hon sänkte huvudet en aning och stirrade i golvet. Mycket
fundersam.

– Mia! Vad säger du? Har du känt så tidigare, utbrast
Ebbe förvånat och reste sig upp.

– Ja, det kommer över mig ibland. Jag har inte velat
säga något. Tänkte att det kanske försvinner. Men
käre Ebbe! Vi ger oss ut och promenerar lite i den
här vackra kvällen. Solen står fortfarande ganska
högt. Om vi går sakta, så kanske det lättar på min
värk. Jag känner att jag måste röra på mig, särskilt
nu när vi har fått ett så hemskt besked av kungen.

När Ebbe noterade Mias smärtfyllda ansikte, blev han
tankfull. Vad händer?

Mia satte sig ner och la ena handen på sidan av magen och
kände efter. Sedan la hon långsamt den andra över på
samma sätt och täckte magen. Som om hon kände efter om

det hände något på insidan. Hon hade börjat fantisera om att ett mirakel kanske var på gång. Hon levde mellan hopp och förtvivlan, men hade ännu inte sagt något till Ebbe. Nu blev det än värre. Hon började må riktigt illa, fylld av spretande tankar och kände efter. Är jag "på det viset"? Eller är det något annat? Undrade hon stilla i sin ensamhet.

5

V-Gurra

Med nålen i sin hand och fötterna i de välputsade lackskorna på den tjocka mattan, fick kungen det stöd han behövde för det vita tyget som vilade i hans knä. Just nu tränade han på att skapa franska knutar i rött och blått, eftersom han var mycket förtjust i Frankrike. Dit reste han så ofta han kunde varje sommar. Då fick broderiet vänta. Nu var det snart oktober och början på jaktsäsongen, förutom duvjakten förstås, som redan var igång. Tankarna for till skogs med honom där viltet, jaktvännerna och krutröken lockade. Nu fanns ingen övervakande hustru i närheten att förhålla sig till och ständigt behöva fråga om lov om det ena eller andra. Han fick också chans att själv bestämma varje gång hans maka drog iväg till både Rom och Capri med sin livläkare där hon vistades långa tider med honom på hans vackra San Michele. I alla fall dagtid. Victoria kunde naturligtvis inte bo med honom där. Då hade skvallret tagit fart och riskerade att spridas till Sverige. Om drottningen bott med sin älskade livläkare hade det säkert skapat stora rubriker i dagspressen. En omöjlig tanke kunde dyka upp att svenska staten skulle stå för kostnaderna för drottningens älskare om hon till och med sov med honom i hans hus. Det var uppenbart att risken fanns att gå över gränsen för det anständiga och skamfyllda. Victoria var ju fostrad i en strikt moralisk anda med religiösa förtecken när hon växte upp.

Svenska staten hade således fått köpa ett eget hus åt drottningen på Anacapri som gavs namnet Casa Caprile. En mycket stor, slottsliknande villa i två plan med nästan tjugo rum. Den vita villan med rött tegeltak låg på behörigt avstånd på Anacapri ett par kilometer från Munthes San Michele, men endast ett par hundra meter från hans Torre de Materita, där Axel såg till att alltid vara när Victoria övernattade i sin villa. Då kunde de mötas i all hemlighet nattetid.

Drottning Victorias relation till den hett eftertraktade doktor Munthe hade för länge sedan börjat sprida sig. Skvallret hade florerat under många år. Inte bara på Capri, utan även i Stockholm, särskilt på slottet. Bland personalen på flera hundra kunde skvallret många gånger fungera som ett kitt för att känna samhörighet och lätta upp stämningen. Timanställda lönearbetare och arbeterskor som var flest av de anställda, behövde allt emellanåt hitta på något att enas om, och då var det inte svårt att plocka fram eller hitta kritiska synpunkter på kungafamiljen. Eller helt enkelt lyfta fram det som stack i ögonen på dem om vad kungen och drottningen hade för sig. Efter hand utvecklades skvallret om kungen och drottningen som faktiskt grundade sig på fakta. Kungaparet hade tydligt tagit avstånd från varandra ganska snart efter att deras tredje gosse Erik hade fötts. Det var svårt att hålla hemligt. Likaså var kungen oförsiktig när han på ett närgånget och mycket kränkande sätt smekt sina chaufförer på låret när de kört honom någonstans. Ofta på hans jaktutflykter. Ryktet om kungens ofog spred sig snabbt, men alla inblandade var så rädda om sitt jobb, att de vande sig vid och ha överseende med den åtalsimmune statschefen. De satte säkert sina gränser för vad de tålde, var och en på sitt sätt. Men det var viktigt att inte hamna i onåd hos Kungen. Jobbet kunde ryka.

Drottning Victoria behövde mycket värme och sol för att må bra. För att inte tala om den mentala innerliga värmen, som hon skapade i Munthes närhet. Det var säkert kärlek det handlade om som innehöll alla de nödvändiga komponenter som Victoria så hett längtat efter och saknat under alla sina år med sin make. Han var ju inte intresserad av något som hon var intresserad av och varken tyckte om att göra eller ens prata om. Allt ifrån första början av deras äktenskap hade hon saknat det intima, nära samtalet. Makarna fann nästan aldrig något gemensamt att prata om, förutom alla formaliteter om kungliga tilldragelser och bemärkelsedagar av olika slag runt om i Europa. Statsbesök som de var ålagda att göra som kung och drottning. Just det som de båda tröttnat på sedan flera år. Kungen tog ibland en liten paus i broderiet för att koppla av en stund och blicka ut över slottsbacken där människor av olika slag, hundar och hästar fyllde backen och var på väg åt alla håll. Han var imponerad av att så många ständigt passerade slottet. Ibland fick han ett infall, såg han den stora kullerstenstenbelagda backen som en skog fylld av skjutbart vilt. Hästar blev till älgar. Han älskade älgjakten som snart skulle ta vid, ja redan i oktober. Det var höstens höjdpunkt, ett äventyr som han verkligen såg fram emot. Duvjakten var bara ett mellanspel. Han hade därför i god tid låtit putsa och olja in älgstudsaren och fått hjälp av Bengtsson att skjuta in den, men sedan gömt den under sängen i sovrummet. Han tog fram den lite då och då för att träna på att hålla den rätt för att på bästa sätt avlossa skott. Det gällde att trycka av försiktigt med pekfingret så varken hand eller arm skakade det minsta.

Mot kvällningen när det mesta stimmet hade lagt sig, och Slottsbacken endast lystes upp av den dalande kvällssolen tills gaslamporna längs slottet tändes, öppnade han långsamt den ena halvan av det höga höga fönstret med tjugoåtta små rutor, gick han till sängen och drog fram älgbössan. Med den i sin hand gick han tillbaka till fönstret och passade på att sikta in sig på en och annan lurvig, långsam häst som kom dragandes på en vagn. Han hoppades att den skulle stanna till, så han vågade ta sikte. Han hade på senare år förstått att han inte längre skulle chansa när målet var i rörelse. Ingen såg honom i skymningen när han stod en bit bakom den höga fönsterkarmen, siktade och tryckte av gång på gång, klick, klick, klick med en tomhylsa i loppet. Ebbe hade avrått honom att också förvara ammunition under sängen, för vem vet vad som då skulle kunnat hända? De kuttrande duvorna på fönsterblecket blev livrädda och flydde i panik efter första klicket. När kungen kände för att på allvar gå in i sin roll som jägare, tog han fram sin gröna filthatt och satte den på sig. De gamla torra grankvistarna som var nerstuckna i brättet på vänster sida satt kvar. Lika många kvistar som älgar han hade skjutit förra säsongen.

Det var snart dags att sätta dit nya när han kom till att fälla den stora älgtjuren, eller något annat vid den kommande jakten. Kungen var ju alltid given det bästa jaktpasset. Inte minst vid bjudjakterna på slott och herresäten runt om i landet. V-Gurra, som Gustaf V kallades i folkmun, reste också gärna utomlands när han behövde omväxling. Han älskade franska rivieran där han kunde vara anonym, besöka restauranger, gå på kasino och sörpla i sig champagne medan han kedjerökte sina favoritcigarretter. På kasinot spelade han gärna bort lite pengar som snart kunde bli mycket pengar, allt eftersom champagnen tog över. Ingen på kasinot visste vem han var, mer än personalen han hade med sig. De fick ibland rycka in och försöka stoppa honom och försiktigt föra honom åt sidan. I alla fall så gott det gick, när så behövdes. Det hade han faktiskt bett dem om, för han visste ju att det kunde urarta, att han lätt tappade kontrollen efter alltför många glas. Personalen som gjorde honom sällskap på resorna till Frankrike, fick förstås vara försiktig och inte avslöja att det var den svenske kungen som var där. Varhelst kung Gustaf vistades i Frankrike var han Monsieur Bernadotte. Den gänglige äldre mannen med yvig mustasch och stora runda glasögon, var alltid mycket välklädd i sin grårandiga kostym med den glansiga västen innanför. Under vår och sommar sågs han ofta lättklädd i sina välpressade vita långbyxor och likaså vit linneskjorta. I sin halmflätade hatt med svart brätte och käppen med det vackra silverbeslaget i sin hand, såg han ut som den välbärgade man han var. Hans unge hovlakej Bengtsson hade varit med honom några gånger i Nizza, men Ebbe hade känt sig obekväm när kungen visat honom allt för mycket intimt intresse och velat dela rum med honom där kungen med följe hyrt in sig. Det där försökte Ebbe undvika, men det var inte så lätt. Han berördes illa av kungens tydliga dragning till honom och krav på närhet på olika sätt. Det var ett närmande som i all tystnad störde Ebbe. Men vad kunde han göra? Han var ju beroende av sin arbetsgivare. Kungen kunde göra vad som helst som han kände för, även om det skulle anses åtalbart, eftersom han var statschef. Han var den ende i landet somsvar åtalsbefriad och därför inte riskerade åtal, vad han än begick för brott. Han kunde till och med mörda utan att bli åtalad.

Kungen var mycket koncentrerad där han nu satt så lugn och avkopplad i korgstolen och gjorde det han älskade. Han var förstås fylld av spretande tankar om hur han hade handlat mot sin lojale tjänare. Han förstod naturligtvis att det var ett hårt slag för Ebbe och hans hustru. Men han hade i alla fall handlat som hans hustru krävt. Ännu en gång. Det fanns inga alternativ än Ebbes hjälp, precis som kungen hade påtalat. Kungen nöjde sig med det och var till synes lugn. Hans hustru befann sig dessutom långt hemifrån. Det såg han ut att trivas mycket bra med och såg nästan alltid glad och vänlig ut. Han var till och med på lekfullt humör ibland och emellanåt lite pojkaktigt skojsam på något sätt i folks ögon. Inte minst när han var tillsammans med Ebbe. Men vad hände i hans inre? Vem var han egentligen bakom den kungliga fasaden som han byggt upp under hela sitt liv.

6

15 september i "Bengtssons Bullar"

Ebbe och Mia hade köpt en begagnad dubbelsäng i brun lack med en lite högre del som stack upp vid huvudändan. Den var placerad mot den något slitna tapeten på väggen bakom. Ebbe och Mia hade snabbt förstått att de skulle ha var sitt eget täcke, eftersom de var så vana vid att sova själva. Täckena med ränder i blått och grått matchade den bruna mönstrade mattan i linoleum. På nattygsbordet, även det i lackerad furu, stod en enkel fotogenlampa som de brukade tända en stund vid kvällningen när mörkret lagt sig. Men den här kvällen somnade de snabbt av ren utmattning. Det blev ingen mysig stund i fotogenlampans sken. Det tog förstås längre tid än vanligt innan de försvann i sina drömmar där deras inre konflikter omedvetet kunde bearbetas, och i bästa fall få det värsta att försvinna, eller i alla fall tyna bort.

    — Hjälp Mia! … Nej! … Kom hit!

Mia vaknade plötsligt till av Ebbes ångestfyllda rop på hjälp. Yrvaken försökte hon förstå vad som stod på, gnuggade sig i ögonen och vände sig mot Ebbe. Han mötte Mias blick med förvirrad uppsyn och stirrade bara på henne. Mia tog sig för munnen:

– Nämen Ebbe! Vad är det med dig?

– Åh förlåt! Jag drömde.

Ebbe förstod att han hade vaknat i en mardröm och försökte förklara så gott han kunde.

– Ja det var så hemskt. Jag drömde att vi hade en hund och det var så trevligt att vara med honom, men när vi närmade oss hamnen nedanför slottet där han lekte hej vilt, råkade han ramla utanför kanten och hamnade i vattnet. Han simmade allt han orkade mot den starka strömmen och försökte förtvivlat kravla sig upp för den höga kanten av stora stenar i granit. Jag försökte hitta något att dra upp honom med, men det var förgäves. Fann inget. Han följde med den starka strömmen och plötsligt bara försvann i forsen. Oj! Så vaknade jag i min förtvivlan. Ja Mia, det var hemskt!

– Nämen Ebbe! Det verkar som du har sovit oroligt och drömt.

Utan att säga det, kom Mia att tänka på den fasansfulla händelsen när hon såg sin bror falla i strömmen, den där vinterdagen för tolv år sedan. Hennes många år gamla trauma blottades plötsligt, men hon lyckades finna sig och vände sig mot Ebbe:

– Ja, så är det nog. När jag lyssnade på din andhämtning, hann jag fundera på om vi kanske skulle skaffa oss en hund som du kan ha som sällskap när jag ska vara borta. Jag ville inte väcka dig när du sov så gott. Vad säger du om det? Att vi skaffar hund?

– Ja kanske det. Jag har ju ännu inte hunnit tänka på det precis, men det låter trevligt. Jag växte också upp med hund liksom du, så visst känns det fint.

– Men du. Låt oss ta den här dagen till det. Vi försöker få tag i en hundvalp som inte är alltför stor. Det är ju måndag och jag är ledig.

Framåt sena eftermiddagen hade de hittat en tio veckor gammal svart labradorvalp. Lugn och fin, men lite väl sprallig förstås. Precis som valpar är. Han var härligt nyfiken på sin nya familj och ville bita i allt som låg löst på golvet. Han tyckte också om att bita i den lilla trasmattan i köket och dra den med sig, och skrynklat till den för att lägga sig på den. Men plötsligt stod han där med Ebbes sko i munnen och tittade med stora, frågande ögon. Ebbe försökte få loss skon ur munnen på honom, samtidigt som han vände sig till Mia, fortfarande i dagkampen om skon:

– Ska vi döpa honom till Nalle, sa Ebbe, när han försiktigt försökte lirka skon ur munnen på hunden.

Det var så han kom att tänka på sin gamle Nalle som fanns i familjen när han var barn.

– Jamen vilket bra namn. Det får han gärna heta, sa Mia och log.

Ebbe och Mia hade mycket trevligt med Nalle på kvällen. Han var redan rumsren, så det var lätt att ha honom. Det bästa var att han fick dem att tänka på annat. Ebbe tog gärna några rundor med honom varje kväll och sökte upp en gräsplätt omgärdad av handhuggna gatstenar i närheten av konditoriet, innan det var läggdags. Men först ville Mia få veta mer.

– Ebbe, du hade pratat med kungen om semester, sa du. Berätta!

Mia drog fram en stol och satte sig framför Ebbe. Tittade på honom med händerna knäppta i sitt knä, medan Ebbe rörde sig runt i rummet och försökte samla sig:

– Ja, jag krävde att få semester fram tills jag skulle resa. Jag tyckte det var rimligt att få ledigt en vecka och skjuta upp resan lite, eftersom det nog inte finns en chans till semester när jag väl är i Rom.

– Vad sa han då? Sätt dig här framför mig. Detta känns viktigt.

Ebbe la handen på stolen som stod närmst, drog den till sig och satte sig mitt emot Mia och tittade vänligt på henne.

– Först var han lite tveksam och försökte på olika sätt att inte gå mig till mötes. När jag märkte det, hotade jag att säga upp mig om jag inte fick som jag ville. Jag visste ju att drottningen aldrig skulle förlåta sin make om jag slutade min tjänst och inte kom till hennes hjälp.

– Vad svarade han då?

– Det fanns inga alternativ, sa han. Jag fick honom i alla fall att gå med på att mitt utlandstraktamente skulle betalas direkt till dig Mia, en gång i veckan medan jag var borta. Annars kanske det skulle bli svårt för dig att klara din ekonomi, tänkte jag. Ja,

VÅR ekonomi, menar jag naturligtvis. Så är det ju nu, sa han och tittade kärvänligt på Mia.

— Tack! Det känns bra om det blir så. Ibland oroar jag mig för hur det ska gå. Vi vet ju inget.

När de pratat färdigt och ställt tillbaka stolarna fortsatte de att göra sig i ordning för att snart gå till sängs. Mia oroade sig på olika sätt. Hon var mycket bekymrad för hur hösten skulle komma att te sig, men hon ville inte oroa Ebbe i onödan. Därför sa hon inget om det där i magen som hon allt mer kände av. Det fanns ju två saker som hon nu börjat tänka på. Den ena var hotfull och den andra ingav hopp. Hon valde att inte nämna något alls. För Mia var det både oroande och samtidigt glädjande om hon nu var på det viset, som hon egentligen innerst inne hoppades. Hennes återkommande smärtor i magen förutom hostattackerna, kändes märkligt. Men det lyste en hoppets stjärna hos henne när hon tänkte på att hon kanske var med barn. Hon skulle ju haft sin period nån gång dessa dagar och kände av någon slags ovanlig trötthet och illamående som tog all kraft ur henne. Hon kände sig från och till riktigt lealös. Men höll det för sig själv. Det kunde ju vara annat.

Natten präglades av tystnad, nästan. Ebbe och Mia sov. Bara Nalle som vevade runt i korgen med tassarna på filten och försökte hitta en skön och behaglig ställning att sova i, precis som hundar brukar göra. Men tystnaden bröts när Ebbe plötsligt ropade rakt ut i luften:

— Mia, Mia, jag vill inte!

Ebbe snurrade runt i sängen och Mia vände sig yrvaket mot honom:

— Oj, vad är det? Du väcker mig!

– Oh, förlåt. Det var inte meningen. Det var bara så hemskt.

– Vad då? Vad var det som var så hemskt?

– Usch, det vill jag inte prata om, sa han, samtidigt som han vände sig från henne.

– Men kanske det är just det du behöver? Jag vill i alla fall veta.

– Nej, det var så hemskt.

Ebbe vred och vände på sig. Ville inte berätta. Han verkade mycket upprörd och orolig. Men Mia ville veta mer.

– Ebbe, berätta nu!

– Ja, det var om Munthe och Victoria när jag var med dem på Capri. De hade låst in sig på Munthes Torre di Materita en sen kväll, då jag precis hade somnat i drottningens Casa Caprile. Jag vaknade av eldslågor som gnistrade och sprakade. När jag reste mig upp i sängen och tittade ut, såg jag att det var Munthes hus som brann våldsamt. Jag rusade dit med en fylld vattenhink, men vad kunde jag göra när huset redan stod i ljusan låga, helt övertänt.

– Men Ebbe. Det var ju en mardröm.

Mia lade sig på sidan, vänd mot Ebbe. Vilade sitt huvud i ena handen, medan hon drog upp täcket med den andra och lyssnade på Ebbe:

– Ja, jag tänker ju mycket på hur det är att åter vara med drottningen och doktor Munthe. Victoria och jag har ju en bra och trygg relation, men Munthe har jag aldrig riktigt förstått mig på. Han både säger och gör så konstiga saker ibland. Ja, det är en märklig man, helt olik alla andra. Fast vi tycker nog om varandra på något sätt, särskilt när vi spelar och sjunger tillsammans, men vet inte riktigt. Det vilar något mystiskt över honom och han berättar ibland så märkliga saker om vad han har gjort med sina patienter eller mycket sjuka äldre människor som varit nära döden. Många kolerasjuka.

— Oj. Vad gjorde han då?

— Ja, han gav dem så mycket morfin att de helt enkelt somnade in, och på det sättet befriades från sina hemska plågor.

Efter en kort paus fortsatte Ebbe:

— Översköterskan fru Bergman känner jag också sedan tidigare. Hon är vänlig och lätt att ha att göra med. Det är hon som sköter om och ansvarar för Victoria när Munthe inte är där. Han reser tydligen fortfarande bort då och då. Men ingen vet vart. Han talar inte om det och ingen vågar fråga.

— Det ska nog gå bra ska du se, men jag kommer att sakna dig nåt så oerhört, sa Mia och tittade kärleksfullt på Ebbe, som log tillbaka och sträckte fram sina händer och omfamnade Mia.

Hon tog emot honom med en varm kram och en öm kyss. Ebbe drog en tändsticka och tände fotogenlampan.

Den nya dagen fylldes av aktiviteter. Ebbe började så smått packa sina slitna koffertar inför resan, medan Mia gav sig iväg för att handla. Framåt eftermiddagen hjälptes de åt att städa ända fram till kvällen. De var trötta och satte sig i soffan med sin hand i den andres och vilade i tystnaden. Den lilla svarta radion hade de stängt av. Mia reste sig efter en stund och betraktade sig i den lilla spegeln som hängde i en ståltråd på en liten spik i väggen. Hon kände inte riktigt igen sitt ansikte. Drog fingrarna genom håret med en uttråkad grimas och satte sig intill Ebbe. Jobbiga tankar fyllde dem, var och en på sitt sätt. Nalle lämnade sin korg och la sig vid deras fötter. Hans stora frågande ögon glänste av både kärlek och vänlighet. Mia och Ebbe skiftades om att klia honom bakom örat tills han slog sig till ro, uppenbart lugn och tagen av tystnaden. Den ömsesidiga närvaron och glädjen mellan hund och människa, präglade den sena kvällen. Men när Ebbe och Mia väl hade gått till sängs, omfamnade de varandra och försökte få till en öm stund mitt i det svåra tumultet i sina huvuden. Men den stunden blev inte som det var tänkt och hade hoppats på. Tankarna störde dem på något konstigt sätt. Ingen av dem mådde bra. Den spontana lusten och glädjen var som bortblåst. Allt som de hade planerat och drömt om var borta. Framtiden hade plötsligt blivit hotfull och osäker. Som ett svart hål. Tystnaden hade trängt sig på och tagit plats som en osynlig, svagt vibrerande sordin med djupa toner mellan dem.

7

Onsdagen den 18 september

Ebbe och Mia vaknade i nytt ljus och njöt av frukosten med kaffe och ostsmörgås i det lilla köket. Det fanns plats för två vid det fyrkantiga bordet i furu med en skiva som gick att fälla upp om det behövde göras lite större. Köket var ganska slitet. På en del ställen på de målade väggarna i ljus, grå ton, hade färgen flagnat och blivit gulaktig. Golvet behövde slipas och lackas om för att de skulle kunna lägga på en ny linoleummatta. En ny spis hade de gärna också behövt, men det fick vänta. De rena grytlapparna och handdukarna hängde på rad i gamla krokar i ett rundat järn längst upp på väggen, en bit ovanför spisen. Mia var noggrann med att alla textilier skulle vara rena, fina och välstrukna. Det hade hon med sig hemifrån. Hennes mamma var noga med att alla tyger skulle vara rena. Vasken och vattenkranen behövde också bytas ut. Kranen läckte lite. Det gick inte att få stopp på dropparna. Ja, allt var mycket slitet. Men nu fanns det annat att tänka på. De möblerade, placerade bord och stolar och försökte göra det så fint de kunde. De la rutiga dukar i vitt och blått på borden med små fina ljusstakar i svart smide. Det var viktigt att göra det trevligt för att gästerna skulle trivas. Den goda energin mellan de unga makarna var uppenbar när de for omkring bland möblerna. Men trots att de plågades av kungens besked, fanns inom dem ett gott hopp och förtröstan om ett framtida gott liv tillsammans, i alla fall på sikt. Mia kunde inte låta bli att fantisera om sin nyblivne make som pappa till hennes hemliga önskan om barn, den som nu hade blivit väckt hos henne. Ebbe var så snäll och säkert barnkär också, tänkte hon. Han hade ju vuxit upp med fyra yngre syskon och hade nog tagit mycket ansvar för dem. Mia vågade förstås ännu inte säga något till Ebbe om sina blandade tankar och känslor, och om sin smärta i bröstet. Det fanns inga tecken på att han tänkte i sådana banor. Han frågade inte. Ebbe noterade förstås, att Mia hade börjat hosta och fått ont, men var nu fullt upptagen med att hantera kungens besked och tänkte på vad han behövde ha med sig på resan. Han brydde sig mycket för det som väntade i Rom. Det var svårt för honom att föreställa sig. Hans tidigare erfarenheter på Capri med drottningen och Munthe och då för det mesta på San Michele, betjänade han också Victoria i hennes hus Casa Caprile där Ebbe hade eget rum. Drottningen ville ha sin frukost serverad varje morgon klockn nio. Längre fram på förmiddagen drog de till San Michele med åsna och vagn. Ibland lagom till lunch som Munthes kvinnor i köket hade lagat till. Ebbe tyckte att Munthes kök var något av det vackraste han någonsin skådat i en privat villa och förstod att Victoria tyckte detsamma. Munthe var både glad och stolt över sin skapelse. Även sovrummet älskade han.

Mia log för sig själv när hon fantiserade om framtiden och passade på att sätta degen till bullarna som skulle läggas i en liten korg som reklam i fönstret mot gatan. Hon lämnade köket och fortsatte planera konditoridelen. Doften av kanel och kardemumma kändes redan innan ugnen börjat bli riktigt varm och det kunde ta sin tid. Ugnen var gammal och gasen var inte att lita på. Den kunde försvinna när som helst. Då blev de tvungna att sätta eld i spisen. Därför såg Ebbe till att det alltid fanns torr ved. Med kungens tillåtelse tog han ett och annat vedträ med sig hem från slottet där det fanns mycket gott om ved, eftersom det fanns otaliga spisar och kakelugnar som snart skulle fyllas med ved inför vintern. Det var inte alltid så lätt att hitta torr ved i Gamla stan vintertid. Den började bli ganska dyr när höstmörkret och kylan föll över Stockholm. Veden betraktade han som en gåva av kungen, ja som någon sorts lönetillägg. Han ville ju gärna tillfredsställa kungens önskemål. De anständiga förstås, som låg inom ramen för hans tjänst.

— Se här Ebbe, sa Mia, medan hon tittade på honom och pekade mot en tom hörna. Där kan vi ha en hylla med tidningar som gästerna kan bläddra i och läsa, medan de dricker sitt kaffe. Vad säger du om det?

Mia log mot honom när hon sa det.

— Ja, det blir bra. Du har den rätta känslan, Mia.

Ebbe tittade mycket kärvänligt på henne när han sa det, och insåg att han hade fått den stora förmånen att gifta sig med denna underbara kvinna. Mia var ju på något sätt en behaglig kvinna som på alla sätt tilltalade honom. Hennes angenäma kropp och naturliga väsen skapade en så fin harmoni. Detta ihop med hennes positiva ansiktsuttryck och lätthet i rörelserna, njöt han av. För att inte tala om hennes härliga skratt. Ja, han beundrade och njöt varje gång han betraktade henne i smyg, så där lite för sig själv förstås, men sa aldrig något. Det skulle nog inte passa sig. Då hade hon nog blivit generad.

Ebbe hade under drygt ett år förstått att deras glada stunder och hjärtliga skratt förenade dem på ett särskilt sätt, men nu hade de riktigt fina stunderna sällan infunnit sig efter kungens hemska besked. Det var som om de fastnat i var sin bubbla med sina egna funderingar.

De hade planerat att öppna på fredag, så dagen därpå beställde de alla ingredienser till bullarna och köpte mycket kaffebönor att rosta. Diskade all servis mycket noga, och städade alla utrymmen extra noga. Inget fick lämnas åt slumpen. Allt skulle vara skinande rent. Men det syntes på dem att de besvärades av svåra tankar. Oron fanns där hela tiden, men Mia gjorde allt för att inte oroa Ebbe. Han å sin sida vaknade ofta i mardrömmar. Var inte den ene död så var den andre, eller var det något annat konstigt och dramatiskt, som ibland också kunde te sig mycket märkligt. Det skiftade som sagt, och Ebbes trötta ansikte visade tydligt hur han mådde. Ja även hans tystnad talade sitt tydliga språk. Mia märkte det och kände dubbel oro. Men det var svårt att tala om. Ingen vågade. Det var svårt för dem att tala om sina innersta känslor nu, särskilt som det angick dem på djupet. Det kunde både oroa och te sig som hotfullt. Ebbe å sin sida noterade att Mia höll tyst om sitt onda bröst och försökte dämpa sina hostattacker så gott hon kunde. En märklig tystnad infann sig. Kungens order hade vänt upp och ner på livet och allt hade ställts på sin spets. Vad kan jag göra, tänkte Ebbe gång på gång. Hur ska Mia klara konditoriet? Vad händer i Rom? Tankarna upptog och plågade honom ständigt. Han som nu ville ta sitt ansvar som nybliven make, men fann inga råd. Tankarna malde vidare i hans huvud. Han blev nästintill galen ibland, ville bara kräkas och fly från det svåra.

Tidigt på morgonen den tjugosjunde september, tog Ebbe och Mia bussen till Stockholms central där tåget till Rom via Malmö väntade. Nalle följde Mia i svart läderkoppel. När de kom till perrongen och nådde fram till tåget, kunde Mia inte hålla tillbaka tårarna. Hon ställde ifrån sig en väska och kramade Ebbe medan Nalle tittade oroligt och frågande på dem med sina stora, bruna ögon. Något konstigt var uppenbart på gång. Hundar har ju en speciell förmåga att läsa av människor. De hör också på tonfallet när något oväntat händer. Nalle var uppenbart en sådan. Mia vände sig missmodig mot Ebbe:

    — Älskade Ebbe! Jag önskar dig en fin resa, men det känns redan så tomt och svårt. Jag kommer att sakna dig nåt fruktansvärt. Hoppas att du inte blir borta så länge.

Mia tittade uppgivet på honom, med ena handen i kopplet och den andra slappt hängande vid sidan längs den grå kappan. Hon hade sin lilla svarta, veckade hatt som var fäst med en stor hårnål. Hon pratade långsamt med blicken riktad rakt mot honom, medan tårarna rann. Ebbe stack en näsduk till henne att torka sig med. Hon var riktigt ledsen, men Ebbe undrade varför hon plötsligt stirrade rakt in i ögonen på honom och blev helt tyst och tom i blicken. Han förstod inte att en del av hennes tårar stod för något helt annat. Något speciellt. Att kärnan i dem var glädjetårar. En känsla av hopp inför framtiden. Men Mia vågade inte berätta. Skulle hon eller skulle hon inte tala om för Ebbe att hon kanske var på det viset? Det var allt för svårt att berätta. Hon var rädd för hur Ebbe skulle reagera, nu när allt var kaos, att han snart skulle lämna och fara till Rom. Hon tog ett avgörande beslut på bråkdelen av en sekund att inte berätta. Hon visste ju inte. Kunde inte vara säker och ville inte oroa eller glädja Ebbe i onödan. För hur skulle han då reagera?

> – Ja, älskade Mia! Det här känns inte bra, men jag
> hoppas i alla fall att vi ses innan jul.

Ebbe såg henne djupt i ögonen, lade händerna om henne och avslutade med en varm kram.

Mia log åt Ebbe, men utan att egentligen se honom. Hon befann sig inte där. Hon var någon helt annanstans i sina tankar och hade svårt att behålla kontrollen. Hennes inre var på väg att ta över och styra henne när hon bara stod där och stirrade rakt ut i luften, medan Ebbe bar iväg en väska. Tankarna slet i henne. Hon gjorde allt för att hålla tillbaka tårarna. Nalle tittade storögt och förvånat på de två. Han gillade uppenbart sin husse och matte, men såg något förvirrad ut där han så snällt satt sysslolös på sin rumpa och iakttog dem. Vad händer?

När det var dags för Ebbe att stiga på tåget, hjälptes de åt att lyfta in den sista klumpiga kofferten i det lilla utrymmet där alla trängdes. Stressade människor som knuffade sig fram, och plötsligt försvann Ebbe i vimlet. Det var många som trängdes på väg in i vagnen. Den tunga dörren i rostigt järn och rött trä med ett solkigt fönster, slogs plötsligt och oväntat igen med en smäll bakom honom. En irriterad banarbetare hade uppenbart tröttnat på det långsamma avskedet. Ebbe och Mia hade ju stått tysta en lång stund, hållit varandra i händerna och bara tittat på varandra, tills Ebbe hade släppt och tagit några steg upp i vagnen. Banarbetaren tittade surt på Mia som nu letade febrilt efter Ebbe. Han befann sig i tågvagnen utan att synas. Men Ebbe hann i sista stund fram till ett fönster och vinkade medan tåget sakta tuffade i väg söderut. Mia berördes av hans missmodiga ansikte, men hon stod kvar, lyfte handen och vinkade lätt, medan det gnisslade och sprakade från det svarta, stora tunga loket, medan den tjocka röken bolmade från den enorma skorstenen, tills det brast okontrollerat för henne. Förtvivlat skrek hon plötsligt, rakt ut i luften:

— Ebbe! Kom tillbaka! Du får inte resa! Jag älskar dig!

Men det hörde han ju inte. Loket tuffade på och ökade farten. Det var nu så långt bort, att sista vagnen bara syntes som en svart liten prick mitt i röken. Nalle tittade på Mia. Ville hoppa upp och slicka henne i ansiktet, men tordes inte. Det gick inte med en pinne i munnen som han hade hittat på ett brunnslock på perrongen som han tröstade sig med. Labradorer kunde alltid lugna sig med att ta något i munnen när de blev osäkra. Att ha något att bita i, kändes tryggt för en apporterande hund.

Den tjocka röken nästan kvävde Mia. Hon hostade till några gånger innan hon med kopplet i sin hand flydde därifrån så snabbt hon förmådde, men hejdade sig i flykten av inre tankar som kom ikapp. Började i stället gå långsamt och la ena handen på magen utanpå kappan med kopplet i den andra, medan tankarna for vilt omkring i hennes huvud: Har jag ett litet barn i magen? Varför får jag så ont när jag andas in rök? Hur ska jag klara av att sköta konditoriet? Men den värsta oroande tanken var: Kommer jag någonsin att få se Ebbe igen? Tårarna strilade nedför kinderna.

8

Rom den 1 oktober 1929

Tåget nådde äntligen Rom efter många incidenter på den långa vägen med många tågbyten och annat som krånglat. Det var inte alla passagerare som hade sina biljetter i ordning. Plötsligt dök det upp en berusad man, som knappt var i stånd att ta vara på sig själv. Han ville gärna sitta i förstaklasskupén med vita dukar på borden och vackert porslin, fast han bara hade tredjeklassbiljett. Fyllhunden störde Ebbes ideliga försök att gå och lägga sig, tills den berusade mannen blev bortförd av tågmästaren.

Ebbe samlade ihop sitt bagage och gav sig iväg med en åsnedroska till Villa Svezia. Rom verkade mer tättbefolkat och rörigt än Stockholm. Människor och hästar av alla de slag kom dragandes på allt möjligt, förda av gubbar och män i olika åldrar i mer eller mindre trasiga kläder. Stora säckar hängde över hästarnas ryggar. Särskilt när kärran bakom där gubben satt, inte var särskilt stor. Människor, hästar och åsnor hade bråttom, men inte hundar av alla de slag som stod utspridda på gatan. Hundar i olika storlekar och färger, mest vägkorsningar. De stod bara och sneglade på varandra och tittade på allt som rörde sig. Somliga tog några steg lite då och då för att leta mat i rännstenen och lade sig att vila mitt på gatan innan nattens gatustrider. När mörkret föll skulle de hårda striderna komma igång och hundarna slåss om reviren. Varje hund hade sitt revir att försvara. Det var full fart på dem hela natten, de slogs och bet varandra så det blödde tills de låg utslagna lite varstans på gatorna i gryningen. Det där kände Ebbe igen. Han hade varit här förr. Senast en vända tidigt på våren då han hjälpte Munthe med översättningen av hans bok till svenska. Munthe såg så dåligt nu och var tacksam för att Ebbe skulle komma till hans hjälp. Bokförlaget Albert Bonniers i Stockholm ville ge ut Axel Munthes bok på svenska. Karl Otto Bonnier hade hört av sig och drivit på och övertalat Munthe, som tvekat in i det sista, tills han tänkte på Ebbe som kunde hjälpa honom igen.

Sent om eftermiddagen anlände Ebbe till Villa Svezia. Det grå diset kände han sig hemma med, samtidigt som han med välbehag drog in höstens dofter av alla de slag. Helt andra än i Stockholm, fast ännu härligare. Han hade uppenbart återvänt till sommaren med alla dess blomster i vackra höstfärger. På ett sätt kände han sig nästan som hemma.

När Ebbe väl nått fram till den svenska sjukstugan där Sveriges drottning låg allvarligt sjuk, välkomnades han av Victorias kammarfru, översköterskan fru Bergman som väntade honom. Hon var uppklädd i nystrukna arbetskläder och väntade utanför den ståtliga porten i rutmönstrad ek, en makalöst vacker snickarglädje med två bastanta smidda runda handtag att knacka på dörren med. Huset var en fashionabel, gråputsad villa i två våningar med ett glaserat, svart tegeltak.

Fru Bergman var klädd i mörkblå kjol, vitt förkläde och ljusblå blus med svarta mjuka lågskor. Drottning Victoria hade bestämt att översköterskan skulle vara riktigt fin när hennes trofaste hovbetjänt skulle anlända.

Översköterskan tog ett steg mot Ebbe och sträckte artigt fram handen:

    — Välkommen Bengtsson! Vi har verkligen sett fram emot hans ankomst. Hoppas att han ska trivas här.

Samtidigt neg hon lite försynt, inte så värst djupt. Hon var van att niga för de kungliga, men det syntes att hon tvekade. Fru Bergman var femton år äldre än Ebbe och han var ju inte kunglig, bara drottningens hovbetjänt.

    — Tack fru Bergman!

    — Har resan gått bra?

    — Jo tack! Det kan man gott säga, men lite besvärligt med sömnen på en så lång resa. Det är mycket som händer på vägen. Hur har ni det här då?

Ebbe såg sig omkring medan fru Bergman fortsatte:

    — Ja, vi har det ganska besvärligt med att vårda drottningen på bästa sätt. Det är mycket som tillstöter dagligen. Men vi gör vårt bästa.

    — Ajaj, säger ni det. Det låter ju inte så bra att drottningen blivit så sjuk, men jag förstår att ni gör så gott ni kan.

Ebbe tittade vänligt på fru Bergman samtidigt som han såg sig runt lite, när han fortsatte samtalet:

– Hur mår drottningen egentligen då, frågade Ebbe och tittade fru Bergman rakt i ögonen.

– Jo tack. Hon har det stundtals riktigt besvärligt. Hon hostar mycket och har ofta ont i bröstet och lite annat som tillstött. Drottningen tappar lätt humöret och har också börjat reta sig på folk. Doktor Munthe och drottningen kommer heller inte så bra överens längre. Det färgar vår tillvaro.

Medan Ebbe pratade med fru Bergman, fick han hjälp av förste kocken och ett par köksor i svarta kjolar och vita små förkläden och vit blus, att ta hand om hans bagage. De neg lite och bar in och ställde Ebbes väskor i den stora hallen och Ebbe gick in och hälsade på dem. Han synade hallen där golvet var täckt av en tjock, enfärgad röd matta och en stor spegel med guldram på väggen. Under spegeln stod en kommod i brun rokoko. Alla karmar runt dörrarna var mörkbruna. Ebbe tog några steg och kikade in i rummet som skulle bli hans arbetsrum. Eftersom det ännu inte var dags att ställa i ordning det, gick han vidare till köket. Där fann han kocken glad i hågen med sin höga, vita hatt med förklädet virat om den stora runda magen. Han tog Ebbe i hand och sa något inställsamt på italienska medan båda köksorna neg artigt och försynt vända mot Ebbe med frågande, vänliga blickar.

– Buon giorno, försökte han sig på och de nickade vänligt tillbaka.

Det syntes på dem att de var nyfikna på vem kungens hovlakej var, han som nu skulle vara husets hovbetjänt för att ta kommandot över dem. De stannade till och synade varandra, Ebbe och de två köksorna, tydligt avvaktande. De såg ut att fråga sig om Ebbe var en sträng eller snäll man, men skulle snart upptäcka att han var snäll. De behövde nog inte bry sig. Det avslöjade hans blick när han log så vänligt mot dem. De kunde andas ut. Efter välkomsthälsningarna drog personalen sig tillbaka medan fru Bergman vände sig till Ebbe:

> – Bengtsson. Drottningen har sett fram emot att träffa honom så fort han anlänt och doktor Munthe väntar också honom på sitt rum.

> – Då går jag strax till drottningen, fru Bergman. Om jag har förstått det rätt, så ligger hon i sitt rum på andra våningen, första dörren till höger.

> – Ja, så är det. Jag har förvarnat drottningen om hans ankomst.

> – Tack, det låter bra.

Ebbe bar in en koffert i det som skulle bli hans arbetsrum på nedre botten. I rummet fanns ett skrivbord med en rejäl stol i furu och en teleprinter på ett litet bord vid sidan om. Det fanns också en liten soffa med sirliga kanter. Den grå mattan var tätt vävd, men ganska tunn och sliten. När han synat färdigt och tyckte att det lilla fönstret släppte in allt för lite ljus, drog han undan gardinen, lämnade rummet och gav sig iväg upp för den smala, knarrande trappan. Han höll sig i räcket som var mjukt format i svart smide. På osäkra ben närmade han sig Victorias rum, stannade till och knackade försiktigt. Någon där inne svarade med mild röst:

> – Stig in.

Hon lät ung. Ebbe trädde sakta in i rummet och såg sig omkring. Det var ganska mörkt trots att det ännu var ganska ljust ute. Ett stort rum med fördragna gardiner i mörkblått från golv till tak som stängde ute nästan allt ljus. Tack vare en golvlampa i ena hörnet med ett svagt sken, kunde han se den stora sängen mitt på golvet som en öde ö där hon låg, insvept i kuddar med händerna på det stora täcket. Det grå furugolvets slitna plankor stack ut längs kanten utanför den tjocka mattan under sängen.

Efter bara några sekunder i drottningens sovrum fastnade Ebbes blick på den stora gröna kakelugnen mitt på den ena långväggen. En bit längre bort, på en kortare vägg, kände han igen det svarta pianot med kandelabrar i mässing på vardera sida om notstället. När han försökte få syn på den sjuka drottningen, reste den unga sköterskan sig vid sidan av sängen och sträckte fram handen.

> – Goddag Bengtsson och mycket välkommen! Jag heter Ellen, sa hon med låg, finstämd röst, samtidigt som hon tittade vänligt på Ebbe.

Det tilltalade honom. Han log tillbaka mot henne medan hon fortsatte:

> – Jag är drottningens undersköterska. En av två. Och här ska vi inte tala högt, sa hon nästan viskande, samtidigt som hon snabbt drog upp pekfingret försiktigt framför munnen och tittade på honom med allvarlig min för att vara extra tydlig.

Ellen var en ung kvinna med fagert ansikte och kort, mörkt hår. Ebbe noterade hennes vänliga blick.

> – Goddag Ellen! Så fint att träffas.

Deras varma blickar möttes och de bytte ännu några ord med varandra. Ellen log mot Ebbe strax innan hon lämnat rummet och stängt dörren försiktigt efter sig.

Drottningen låg i en jättestor säng med ett stort bakstycke med huvudet på en stor vit kudde. Hennes hår såg ovårdat ut. Långt och stripigt och låg utspritt över den stora kudden. Det var absolut inte nytvättat. *Oj, vad gammal hon hade blivit. Hon har verkligen förändrats,* slog det honom, medan han försiktigt närmade sig henne och hälsade:

- Goddag drottningen!
- Goddag Bengtsson! Känn sig mycket välkommen, svarade Victoria med en kärleksfull och finstämd ton i rösten.
- Lyfte försiktigt handen som låg närmast honom, som om hon ville hälsa.

Drottning Victoria tittade på Ebbe med en manande blick att han skulle närma sig hennes säng.

- Välkommen Bengtsson. Det var ju för väl att han reste hit. Kom, kom fram hit till sängen, Bengtsson. Jag vill se honom. Se så, sätt sig ner.

Ebbe gjorde som hon sa, satte sig på stolen samtidigt som han sträckte fram handen och höll i hennes. Men han kände inte igen den. *Oj! Vad tunn och svag,* tänkte han.

- Hennes höghet drottningen! Vad kan jag göra för henne?
- Ja, äntligen Bengtsson. Han anar inte vad jag har längtat efter honom. Det har blivit så besvärligt här. Jag har fruktansvärt ont från och till och folket här förstår inte vad de ska göra och hur jag vill ha det. Jag är så trött på den där personalen. De förstår inte vad jag vill ha att äta, så det blir nästan ingenting. Och nätterna har börjat bli riktigt kalla.
- Är det så, drottningen?

– Ja så är det. Jag får inte den mat jag vill ha och de kryddar alldeles för mycket. De förstår inte att jag behöver lättuggad och svagt kryddad mat. Jag hatar den där förbannade vitlöken och chilin som finns i allting och jag får aldrig sås till köttet. Bara brynt smör som de aldrig lyckas med. Axel vill heller inte göra som jag säger. Jag känner inte igen honom. Han har blivit så tvär och vrång. Hoppas Bengtsson kan prata honom tillrätta.

Hoppsan, tänkte Ebbe. Tala doktor Munthe tillrätta? *Hur ska det gå till*, undrade han, utan att på något sätt avslöja sina tvivel. Victoria pratade på, men hon behövde andas efter varje mening. Orken började uppenbart tryta. Ebbe lyssnade och såg på hennes trötta ansikte.

– Det verkar som att drottningen har det mycket besvärligt.

– Ja-a, Bengtsson det kan man verkligen säga. Men i morgon hade jag tänkt att han ska spela med mig. Jag har sagt till sköterskorna att klockan elva ska de ha ställt fram två stolar vid pianot, för då ska Bengtsson och jag spela. Vill han det? Fyrhändigt, som förr?

– Oh ja, det gör jag gärna. Vi får väl välja något ganska enkelt, ett litet stycke som vi spelade senast kanske, för nu är det ju snart ett år sedan vi satt där tillsammans när drottningen besökte Stockholm i samband med hennes makes 70-årsdag.

– Ja, så är det nog … och Axel vill inte spela med mig längre. Ja, vi har det inte så bra just nu, Axel och jag. Hoppas han blir på bättre humör nu när

Bengtsson är här. Det är hemskt att vara med honom när han är så vrång. Han har också blivit så tystlåten och fundersam, ja riktigt sluten. Vi får knappt kontakt med varandra. Det känns mycket påfrestande, Bengtsson. Vad ska jag göra? Förstår Bengtsson?

Ebbe vred på sig, något osäkert. Visste inte vad han skulle svara, men försökte:

— Ja, vi får väl se vad jag kan göra. Om jag kan göra något. Jag ska strax söka upp honom. Ska först ta hand om mitt bagage och ställa in i mitt rum.

— Jamen, Bengtsson. Klockan elva i morgon. Då ska han vara här.

— Ja drottningen, det är uppfattat. Jag är här i morgon klockan elva. Adjö så länge.

Ebbe kände att det var dags att lämna rummet, reste sig och tittade på henne.

— Bra Bengtsson. Ge sig iväg nu och kalla in syster Ellen.

I korridoren mötte han Ellen och bad henne ta plats hos drottningen. Ellen skulle precis gå in dit, men ville först säga något till Ebbe:

— Ja Bengtsson, jag går strax in till henne. Bengtsson ska också träffa syster Vendela, men hon sover nu för hon ska ha nattvaket hos drottningen. Syster Vendela och jag bor i samma rum. Jag ber henne söka upp Bengtsson när hon vaknat. Eller kanske vi kan vänta tills i morron. Låt oss avvakta och se hur det blir.

— Tack, det låter bra, svarade Ebbe.

Ebbe gick ner och tog hand om sitt bagage och drog sig tillbaka mot sitt sovrum som låg strax intill Victorias. Efter en stund när Ebbe synat rummet och fann det på nåt sätt ganska trevligt och snabbt packat fram sina kläder och hängt upp dem på några klädhängare som fanns bakom dörren, gav han sig iväg till doktor Munthe. Hans rum låg bara några meter längre bort i korridoren. Under en liten skylt i mässing som hängde på dörren, knackade Ebbe på.

DOKTOR AXEL MUNTHE

LIVLÄKARE

Inget hände. Han försökte igen och knackade ännu lite hårdare. Ebbe hörde ljud där inifrån samtidigt som nyckeln i dörren vreds om och öppnades sakta inåt. Där stod han, doktor Axel Munthe och höll i dörrhandtaget, som en mager hopsjunken gamling med ovårdat skägg. Han tittade välkomnande på Ebbe. Han skulle snart fylla sjuttiotvå och hade sin gamla slitna rutiga kavaj som Ebbe såväl kände igen. Ostrukna skrynkliga byxor och ovårdade skor med små hål i lite varstans. Munthe sökte Ebbe med ögat. Det andra täcktes av en svart lapp. När han insåg att det var Ebbe, slog han upp dörren helt:

– Nämen Bengtsson! Välkommen! Stig in.

– Tack doktorn, svarade Ebbe, samtidigt som han synade Munthe ytterligare.

Oj, han har också åldrats. Men som här ser ut. Så rörigt och stökigt. Det här verkar inte bra, tänkte Ebbe. *Hur är det fatt med doktorn egentligen,* undrade han, när han såg alla böcker och pärmar som låg utspridda överallt i rummet och kläder som låg på sängen och i soffan. Den höga, svarta skrivmaskinen ROYAL stod där den skulle som vanligt på hans skrivbord med ett papper i som han hade börjat skriva på. När Ebbe sneglade på pappret såg han många felslag. Det satte igång hans tankar.

 — Så fint att han är här, sa Munthe. Tag plats på stolen, Bengtsson.

Axel drog fram en gammal pinnstol på det slitna golvet som säkert inte hade lackats på år och dag. Ebbe tog ett steg fram, satte sig på stolen men höll blicken kvar på Munthe.

 — Tack doktorn! Ja, jag fick ju order av kungen att resa hit och hjälpa till med allt möjligt och kanske också hjälpa doktorn att slutföra översättningen av hans bok. Vi hann ju en hel del förra gången vi sågs.

 — Ja, jag vet. Vi behöver honom här. Drottningen har blivit så besvärlig och jag vill att han hjälper mig att skriva färdigt. Jag har hunnit med att skriva det mesta, men nu ser jag ju så dåligt. Mitt öga tåler inte längre starkt ljus.

Munthe gestikulerade med händerna som för att hjälpa Ebbe att förstå. Men det blev bara konstigt, tyckte Ebbe.

 — Javisst. Jag hjälper gärna doktorn att skriva, svarade Ebbe vänligt.

Han la sitt ena ben över det andra och lutade sig försiktigt bakåt. Han knäppte händerna och la dem i sitt knä för att försöka slappna av medan han lyssnade.

 — Men Bengtsson får också hjälpa mig med Victoria. Vi har kommit lite på kant och förlorat den goda känslan för varandra. Det ser svårt ut. Hon har ofta så ont att hon begär allt för mycket morfin och det är ju inte bra. Att hon vänjer sig, menar jag. I och med det har hon också fått förstoppning som är så besvärligt. Ja, jag har börjat tröttna på det hela och vet inte hur det här ska sluta. Det är svårt när någon som är så sjuk och har så nära till andra sidan när dagarna är räknade, Bengtsson. Vad gör man? Vad kan vi göra?

Ebbe kände att Munthe sa så för att se hur han reagerade. Det var en aning diffust, tänkte han. Undrar egentligen hur han tänkte, den klurige och oberäknelige doktorn. Ebbe hade svårt att få en klar bild av Munthe, trots att han hade varit med honom flera gånger förut. Ebbe gillade doktorn, men förstod sig helt enkelt inte riktigt på honom. Nu fick Ebbe förklaringen på det som kungen inte ville berätta för honom om drottningens intima problem. Victoria hade drabbats av förstoppning.

— Ja. Det låter ju inte bra, svarade Ebbe, som försökte svara så neutralt han kunde.

— Nej, det är verkligen inte lätt. Men jag hoppas att hon ska bli på bättre humör nu när Bengtsson är här. Drottningen har ju länge pratat om att hon ville ha hit Bengtsson. Om jag förstår henne rätt, har hon fått sin make att skicka hit honom. Ja minsann, som det kan bli. Att hon fortfarande kan få den tafatte kungen till vad som helst. Ha, ha, raljerade han. Kungen ville nog hellre ha Bengtsson för sig själv, tillade han och grimaserade på ett speciellt sätt, i samma stund som han vände bort ansiktet.

Ebbe gillade inte den sista meningen som han uppfattade som en antydan. Han förstod vad Munthe tänkte på, men Ebbe fortsatte i all vänlighet och låtsades oberörd:

– Ja, så är det nog. Kungen förstod ju att jag absolut inte ville resa hit eftersom jag nyligen ingått äktenskap och ska öppna ett konditori tillsammans med min hustru inom kort. Det förklarade jag för Hans Majestät, men han var mycket tydlig med att det inte fanns något alternativ. Det var en order från drottningen. Ja, det var så svårt att ta in, att jag till och med var på väg att säga upp mig, doktorn.

– Jaså, är det så Bengtsson? Nygift alltså? Gratulerar så mycket. Och hälsa gärna hans hustru. Förresten, vad heter hon?

Ebbe såg att han inte ville fortsätta prata, men hejdade sig och ville visa sig intresserad, uppenbart av ren artighet. Munthe hade aldrig visat sig intresserad av någon som helst annan än Victoria under alla år de känt varann. Inte ens de kvinnor han gift sig med. Det uppfattade Ebbe som mycket märkligt när han väl fick veta det många år därefter.

– Ja tack, sa Ebbe. Det ska jag göra. Hon heter Mia.

– Jaha. Vad tycker hon om att göra då?

Då återgav Ebbe det som han tidigare sagt till kungen om Mias intresse för teater, men lade till:

– Vi har övertagit ett nedlagt konditori i Solna som hon ska sköta. Så vi får hoppas att det ska gå bra.

– Nämen, det låter väl intressant. Hoppas det blir bra. Lycka till med det. Hälsa henne gärna från mig, sa Munthe utan att visa uppriktigt engagemang.

Ebbe noterade att Munthe hade börjat tänka på annat. Det var tydligt. Han verkade som vanligt okoncentrerad. Efter ytterligare några ordväxlingar om läget i huset, lämnade Ebbe Munthe för att orientera sig i villan. Där fanns ganska många rum i korridoren på andra våningen, men inget fönster alls, bara en och annan lampa som lyste svagt. Intill Munthes rum fanns en liten toalett med bara det nödvändigaste som tvättfat och toalettstol. Intill fanns ett litet rum där doktorn förvarade alla sina medikamenter. Ebbe gick vidare och rörde sig runt i huset. Han hälsade på personal i köket som han ännu inte hade hunnit att hälsa på. Tog dem i hand, den ene efter den andre och pratade lite med dem i en vänlig ton, men lite mer bestämd i rösten än han brukade. Ett par städare hälsade han också på och tackade dem för deras arbete. Ebbe försökte uttrycka sig på italienska men fick blanda med engelska, trots att de kanske inte alls förstod. Han hade ju vistats i Italien ett antal gånger när han tidigare varit med Victoria och Munthe på Capri, så han förstod en del, men kunde inte prata flytande.

Innanför ytterdörren fanns en stor hall med galjar längs ena väggen. Hallen ledde fram till det jättestora rummet och det stora ovala ekbordet, där man samlades med inbjudna gäster. Dörren stod öppen till köket. Det var ganska stort med ett fyrkantigt bord i mitten med åtta pinnstolar. Det var personalmatbordet. En annan dörr i hallen ledde till den större toaletten, samt en dörr till kontoret, Ebbe arbetsplats. Men det kändes inte så lätt för honom när han ställde sig i dörren och tittade in. De blandade tankarna och den stora ovissheten om framtiden ockuperade honom, ja nästan lamslog honom där han stod, medan tankarna var hos Mia.

Han hade ju inte valt att vara här. När han nu träffat både Victoria och Munthe, hade han börjat ana och inse vilket omöjligt uppdrag han tvingats till. Han blev verkligen brydd på allvar. *Vad kan jag göra? Hur ska det här sluta? Vad ska jag säga till Mia? Hur mår hon?*

9

Rom den 3 oktober

Det tog ett par dagar för Ebbe att inreda kontoret. Nästan allt var på plats. Bara teleprintern återstod som han ännu inte hade lyckats koppla in. Den fungerade bara ibland, hade Munthe sagt. Ebbe behövde hjälp utifrån, men nu var det dags att spela med Victoria. Han skulle ha gjort det tidigare, men hon hade mått så dåligt att de fått ställa in. Nytt försök. Han begav sig till hennes rum, knackade på dörren där fru Bergman och Vendela väntade. De skulle hjälpa till att stödja Victoria i ryggen om hon skulle vara på väg att falla baklänges.

   — Välkommen in Bengtsson, sa fru Bergman.

   — Tack. Då ska vi se drottningen, sa Ebbe. Jag har ett par noter här av Mozart som vi har spelat tidigare, som kanske drottningen minns. Jag sätter dem på notstället. Nu försöket vi få stolarna på plats.

Ebbe placerade den långa vadderade stolen med röd sits och svarta ben utan ryggstöd mitt framför pianot och den andra lilla pinnstolen intill medan systrarna hjälpte Victoria ur sängen. De rörde sig sakta och försiktigt. Stöttade henne på var sin sida fram till pianot där Ebbe väntade.

— Så drottningen, tag plats här till höger, sa Ebbe, så tar jag vänstersidan. Jag vill minnas att drottningen helst spelar melodin i det här stycket, en menuett av Mozart, så får vi se. Jag tar hand om det andra.

Efter en stund satt de båda där på var sin stol, hovbetjänten från Malmö och Sveriges drottning Victoria, sida vid sida som de gjort många gånger förut, men hur skulle det gå? Vendela och fru Bergman satte sig en bit bakom dem och iakttog, men var beredda. Victoria la försiktigt fingrarna på tangenterna och Ebbe gjorde det samma. Han sneglade på henne där hon satt med fingrarna vilande på tangenterna beredd att spela. Hon skulle inleda. Det kom ett "pling". Victoria tryckte ner tangenterna och ett par klubbor i pianot slog till på strängar som vibrerade och skapade en del av ett ackord. Men det tredje fingret ville sig inte riktigt. Hon försökte pröva samma sak med den andra handens fingrar, men då tog det stopp. Det fungerade inte. Blev inte som det skulle. Ebbe avvaktade. Victoria försökte och försökte på nytt men misslyckades gång på gång. Inget blev rätt. Hon tryckte fel på tangent efter tangent och fingret som skulle starta melodin missade hon och försökte slå an igen, men det fungerade inte. Victorias ansikte spändes tills hon slängde händerna upp i luften och ropade förtvivlat, rakt ut på noterna.

— Nej, nej! Det här går ju inte!

Ebbe drog händerna till sig och förberedde sig på att hålla i henne ifall hon skulle tappa balansen. Hon var på väg, gungade till lite på stolen och lutade sig bakåt med ansiktet vänt mot taket och fortsatte, nu gnyende.

– Bengtsson! Ah! Det här går inte. Oh Gud! Hjälp mig!

Victoria sjönk ihop i jämmer medan systrarna reagerade snabbt. De tog henne under var sin arm och hjälpte henne av stolen och ledde henne sakta till sängen.

– Se, så drottningen. Vila nu lite så ska vi stoppa om henne, sa fru Bergman och tittade på Vendela.

– Nu! Nu ska jag ha morfin, ropade Victoria. Fru Bergman! Hör hon det? Gå omedelbart till Axel och få en dos, sa Victoria med en bestämd ton.

– Ja drottningen. Det ska jag genast göra, svarade översköterskan och lämnade rummet.

Hon vågade inget annat. Munthe hade tidigare bett dem att stoppa Victorias ständiga krav på morfin, men den här gången vågade fru Bergman inte sätta emot. Hon förstod att drottningen var alldeles för upprörd för att våga ifrågasätta hennes önskan. Då kunde vad som helst hända.

– Bengtsson! Kom hit och håll mig i handen, sa Victoria så fort hon kommit i säng. Vendela kan vänta utanför tills översköterskan är tillbaka.

– Ja, drottningen. Jag sätter mig här hos henne, sa Ebbe medan Vendela lämnade rummet.

Ebbe tog plats vid sängen och höll Victorias hand. Det blev lugnt en stund. Den upprörda drottningen slappnade av medan fru Bergman hann fram till Munthes dörr och knackade på. Han öppnade men stannade i dörröppningen. Han tittade på henne och frågade:

– Så, vad vill fru Bergman? Är det morfin nu igen, sa han direkt och tittade med en sträng blick i sitt öga på henne.

Emaljögat tycktes också titta på henne. Munthe hade inte sina tonade glasögon på. Väntade inte besök.

– Ja, doktorn. Drottningen är mycket upprörd.

– Jaså? Har hon mycket ont?

– Tror inte det. Hon blev bara så upprörd över att hon inte lyckades spela med Bengtsson.

– Vad? Är det bara så? Då blir det inget! Hälsa henne det!

Översköterskan vände sig tveksamt om, bet sig i läppen och tog sig för pannan medan Munthe stängde dörren mycket bestämt. Fru Bergman tog några steg, men stannade strax till i korridoren och bara stod kvar, villrådig och vred sina händer lite. Visste inte då att Victoria somnat och Ebbe lämnat sovrummet.

Så rullade det på, dag efter dag. Från och till med drottningens sjuka tillstånd och påföljande dåliga humör. Hon skrek ofta ut sin uppgivenhet med ständiga böner till Gud. Hennes närhet till dödsriket plågade uppenbart henne.

Ebbe gjorde allt han kunde för Victoria. Men det var inte lätt. Hon hade också börjat klaga på kylan i huset. Det närmade sig vinter. Ebbe förstod att han förväntades anställa en eldare och det var på gång. Han hade precis anställt en ung man, men också haft noga genomgång med alla som hade hand om och lagade maten, sagt åt dem att bara laga den mat som drottningen önskade, och framför allt lättuggat och inte starkt kryddad, ingen vitlök och absolut ingen chili!

Stämningen i huset färgades nu tydligt av oktoberkraschen i New York. Börsraset hade nått Europa. De intensiva festligheterna i samband med den stora årliga oktoberfesten när hela Rom firade och dränktes i vin, blev något avslaget. Det märktes på människorna. Stadens glans fick plötsligt en kall, höstlik dimma över sig. Det drabbade också personalen i Villa Svezia.

Efter några dagar hade Ebbe precis avslutat översättningen som han gav till Munthe för genomläsning. Det gick ett par dagar då Munthe återkom till Ebbe med texterna i sin hand:

— Bengtsson får läsa högt för mig. Jag orkar inte. Ser nu så dåligt.

— Visst, svarade Ebbe. Det gör jag gärna.

Ebbe läste högt ur översättningen för Munthe på hans rum där han låg i sängen och lyssnade, dag efter dag tills han tröttnade och till sist avbröt Ebbe:

— Nej Bengtsson! Nu får det vara nog. Det räcker, jag orkar inte mer. Läs nu igenom resten som han skrivit och skicka manuskriptet till den där Karl Otto Bonnier. Jag litar på Bengtsson. Herr Bonnier får väl höra av sig om det blivit något fel.

— Visst doktorn. Jag gör så, svarade Ebbe.

Ebbe lämnade den trötte doktorn och begav sig till sitt kontor och letade fram adressen till Albert Bonniers i Stockholm. När han hittat adressuppgifterna, packade han ner alla maskinskrivna pappren i en kartong för att skicka iväg dagen därpå.

Munthe tyckte att Ebbe hade gjort ett strålande arbete den senaste tiden. Ebbe var själv också mycket nöjd med att han lyckades slutföra översättningen. Han blev också allt mer glad och nöjd över att ha förbättrat sin engelska på det här sättet. När han slutat sexan på Johannesskolan hade han aldrig haft engelska. Han hade fått lära sig på jobbet.

November låg för dörren och julhelgen nalkades. Ebbe hade inte en aning om vad som väntade. Han kom att utsättas för stora påfrestningar att hantera kungafamiljens interna intriger där den trötte doktorn uppenbart ville spela huvudrollen. Osäkerheten och oron för vad Munthe hade i tankarna spreds bland personalen. Även Ebbe hade börjat känna oro. Det var allmänt känt och många visste att Munthe med morfinets hjälp och hypnotiska förmåga hade slussat många dödssjuka i Neapel över till andra sidan.

Luften började vibrera bland personalen. På något sätt visade alla sin stress och nervositet. Munthe betedde sig ovanligt konstigt. Det kändes att något var på gång, men ingen visste. Osäkerheten spred sig och präglade alla i huset. Ingen hade en aning om att Munthe hade förbjudit Ebbe avslöja att han fyller sjuttiotvå i dag, den siste oktober. Det blev en sträng uppmaning från husdoktorn:

— Bengtsson! Absolut ingen uppvaktning! Ingen ska få veta och ingen får störa! Jag vill vara ifred!

10

Första brevet

Gryning i Rom halv fem på morgonen den 7 november. Fortfarande mörkt och kallt medan ljuset från öster letade sig genom det grå diset och nådde ända fram till Villa Svezia där alla sov. Endast eldaren var vaken. Han hade fullt upp med att hålla varmt i huset. Det gällde att elda på så nätterna inte blev outhärdligt kalla. Eldaren var en ung man, Emile hette han, som Ebbe nyligen hade anställt. Victoria hördes allt mer i sin klagan över smärta. Hennes förtvivlade rop på hjälp kunde höras när som helst på dygnet och hon väcktes allt mer av kylan. Hon hatade kyla. Men smärtan och förstoppningen var nu det värsta, förutom dödsångesten förstås, som tydligt plågade henne. Återkommande böner till Gud tycktes inte hörsammas, men kanske gav bönen den tröst som hon nu verkligen behövde.

Det var ganska många som på olika sätt skulle vårda Victoria och se till att hon fick det så bra som möjligt trots sitt lidande. Ebbe ansvarade för att allt skulle fungera i huset. Utannonserade tjänster, intervjuade och anställde tjänstefolk, kockar, kokerskor, tvätterskor och städerskor, ja till och med en eldare nu när det börjat bli kallare. Det gick åt mer kol, koks och ved. Gasen räckte inte till för att värma hela huset. Den räckte bara till spisen i köket för matlagning där det också eldades med ved vid sidan om för att värma vatten och hålla varmt i köket. En värme som också spreds i huset. Ebbe planerade alla inköp av mat och andra dagligvaror. Hans uppgift var dessutom att hålla reda på gäster, välkomna dem och ta hand om dem på bästa sätt. De flesta besöken hade varit omsorgsfullt inplanerade men på sistone helt avtagit. Det började bli allmänt känt i Rom att drottningen var mycket sjuk. Hennes familj i Stockholm var införstådda med det och även de italienska digniteter som tidigare besökt och välkomnat drottningen den tidiga våren när hon anlänt till Rom. Julen närmade sig och plötsligt skulle en objuden gäst snart dyka upp. Men det var inte vem som helst. Det handlade om en ung kvinna i kungafamiljen. Men innan hon dök upp fick Ebbe äntligen första brevet från Mia. Han blev naturligtvis mycket glad, men efter hand som han läste brevet förvärrades situationen för honom katastrofalt.

Älskade Ebbe!   *Solna den 10/11 1929*

Tack för ditt brev! Det gladde mig verkligen. Ja det är inte lätt att leva så här i min stora saknad av dig. Hoppas varje dag när jag vaknar att det är den sista i min ensamhet. Vet inte vad jag ska ta mig till snart. Jag behöver dig och längtar efter dig! Tur att jag har lille Nalle att ta hand om och kela med när jag misströstar som värst.

Tack för att du bad Assar komma hit och hjälpa mig. Han är jätteduktig. Han går ut med Nalle flera gånger om dagen och hjälper även till i konditoriet, ja han till och med har lärt sig baka bullar, särskilt kanelbullarna som är så populära. Fast nu har vi fått problem med leveranserna av socker, så jag vet inte hur jag ska lösa det. Den stora börskraschen i New York för några veckor sedan har satt sina spår här i Stockholm. Folk är förvirrade. Det märks till och med på våra gäster. Det är inte så många som kommer nu som tidigare. Alla tycks vara påverkade av det som hänt. Det verkar så konstigt det där med aktier och kursfall och dessutom så långt borta. I New York på andra sidan Atlanten. Ja, jag förstår det inte alls. Du får förklara för mig när du kommer hem.

Jag uppskattar verkligen traktamentspengarna som hovet sänder till mig varje vecka. Men jag kan inte låta bli att berätta att jag nu blivit sämre. Jag hostar mer och vaknar ibland på nätterna av smärta i bröstet. Mina hostattacker har börjat störa Assar när han ska somna eller precis har somnat. Då väcks han och drar täcket över huvudet och jag har sett att han har börjat riva av en liten bit servett och tugga den för att sedan stoppa i öronen. Ja, han gör så varje kväll och hoppas väl att mina hostattacker inte ska störa hans sömn. Han ser ganska generad ut om jag råkar se vad han gör, men vi pratar inte om det. Vi säger bara god natt och sov gott till varandra innan vi går och lägger oss. Jag har köpt en bättre säng med en tjock madrass åt honom. Det är han glad och tacksam för. Han sover bättre i den säger han. Ja, jag är verkligen glad att han är här. Det blir lite sällskap också i soffan framför radion på kvällarna och han är ju så trevlig. Jag blir så glad när han tar fram sin fiol och spelar lite, fast det kan han bara göra senare på eftermiddagen när jag har stängt.

Du måste komma hem snart för jag har nåt särskilt som jag måste berätta. Vet inte hur jag ska säga eller om jag ska säga det nu, men

Ebbe! Du måste få veta! Jag är på det viset! Jag väntar barn! Ja vi väntar barn. Doktorn säger att det kan bli till sommaren. Jag blir helt konstig när jag tänker på det. Kan du tänka dig! Vi ska ha barn! Ja, nu vet jag inte vad jag ska säga. Det kändes så konstigt att berätta så här i brev. Skulle helst vilja vara nära dig nu. Men förresten, hur är det med drottningen? Får hon den hjälp hon behöver av doktor Munthe? Hur mår hon?
Nu måste jag sluta. Orkar inte mer den här gången.
Du kommer väl hem till jul. God natt min älskade Ebbe!
> *Mia*

Ebbe tog sig för pannan. Satte sig med en djup suck på sängen och läste ännu en gång raderna en bit innan slutet där Mia berättade om den oväntade nyheten. Vad är detta? Ska vi ha barn? Ska jag bli pappa?

Ebbe fördjupade sig i grubbel över brevet. Ännu en gång gick det upp för honom att han var på fel plats. Visste inte om han skulle gråta eller glädjas åt nyheten. Tankarna stångades mot varandra. Han reste sig snabbt och gick runt i det lilla rummet medan han läste brevet ännu en gång. Nu mycket långsamt och noga för att riktigt ta det till sig. Han höll brevet stadigt med båda händerna och läste igen, särskilt de där raderna att Mia var på det viset, att han var på väg att bli pappa. Han brast ut i gråt och fick sätta sig på sängen igen. La brevet ifrån sig och förde händerna till ansiktet. Rädd för att hans gråt skulle höras, tog han fram kudden och tryckte den mot ansiktet som tacksamt tog emot hans salta tårar. Han blev sittande en bra stund innan han kunde samla sig och släppte kudden för att upptäcka de små blöta fläckarna.

I hans grubblande över att vara på fel plats, fanns dock en ljuspunkt i mörkret. Att han skulle bli pappa. Det kändes stort. Ja, som ett mirakel. Han som själv hade fyra yngre syskon och tagit väl hand om dem. Nu skulle han bli pappa själv.

Under sin vistelse i Rom fram tills nu, hade det från och till slagit Ebbe att han inte mådde bra, bara längtade hem varje dag. Men nu blev det än värre. Beskedet att resa hit kom ju som en kalldusch för honom, samtidigt som det kändes fantastiskt fint att bli pappa. Om det nu var så. "Pappa"? Ja, han tog ordet i sin mun, sög på det och upprepade det för sig själv flera gånger. Prövade hur det lät och kände efter. Pappa Ebbe. Plötsligt tänkte han på sin egen pappa som också var trettiotvå när han själv föddes. Oj vad konstigt. Tankarna på det lättade förstås upp humöret på honom men tvivlet infann sig omedelbart: Borde jag inte vara lite mer självisk och mindre plikttrogen, slog det honom. Ska jag inte tänka mer på mig själv och ta ansvar för min hustru som nu blivit sjuk och dessutom är med barn?

Ebbe kände sig som en svikare av högsta rang. Ja, en riktig skurk som hade lämnat sin sjuka hustru så snabbt efter giftermålet. Och nu var hon dessutom med barn. Hur kunde det bli så tokigt? Vad gör jag här? Han tänkte också på sin yngste bror Assar som lämnat Malmö för en tid sedan på Ebbes vädjan och rest till Stockholm för att hjälpa Mia i konditoriet. Assar var ju en mycket snäll och foglig bror som ville göra allt han kunde för sin storebror. De stod varann mycket nära, men Ebbe förstod att Assar bara längtade hem till Malmö där han hade föräldrarna och tre syskon, för att inte tala om hans spelkamrat Carl-Eric som han spelade med nästan varje dag. De unga spelmännen var redan ett radarpar i Malmö på fiol och träskofiol. De hade till och med spelat för kronprinsen och hans gäster på Kungliga slottet förra året. Det var Ebbe som hade ordnat. Spelmännes hade haft sina färgstarka folkdräkter på sig när de spelade på sina träskofioler. Kronprinsen och hans gäster hade verkligen uppskattat det, hade Ebbe sagt till dem efteråt.

Ebbe blev totalt handlingsförlamad när han fördjupade sig i sina grubblerier. Han fylldes av tankar och frågor. Vad ska jag göra? Ska jag hoppa av och säga upp mig och resa hem? Hur skulle det i så fall se ut? Har jag något val? Vart ska jag ta vägen? Det känns inte bra att jag är fast här. Men det värsta av allt var att Ebbe inte visste när det skulle ta slut. Han funderade också på hur sjuk drottningen egentligen var. Kunde han lita på doktor Munthe? Visste han något om Victorias sjukdomsstatus? Visste hon något själv eller bara anade? Axel Munthe var mycket diffus. Ebbe hade börjat undra och ibland ifrågasätta hur denne märklige man tänkte och resonerade. Munthe var heller inte särskilt talför. Det var inte så lätt att få något ur honom. Han var verkligen knepig och nyckfull. Det skrämde Ebbe som såg det värsta framför sig.

11

Ett ovälkommet besök

Solen hade just trängt igenom morgondimman. Det var tidig förmiddag dagen innan förste advent när det oväntat ringde på dörrklockan. Ebbe blev en aning överrumplad där han satt på kontoret vid skrivmaskinen. Han väntade inte besök men begav sig till dörren och öppnade den på vid gavel när han såg henne. Prinsessan. Där stod hon plötsligt. Victorias barnbarn, prinsessan Ingrid, väl påpälsad med en blomma i handen. Hon var nu nitton och klädd i lång vinterkappa och rejäla vinterskor i skinn. Hon bar en liten nätt hatt i blått med en lång blågul halsduk virad ett par varv runt halsen.

Båda blev lika förvånade när deras blickar möttes. Ebbe kom sig inte ens för att säga något, förrän prinsessan drog undan halsduken från munnen och hälsade:

> — Goddag Bengtsson! Fint att se honom här hos farmor. Jag skulle så gärna vilja önska henne en god jul, men jag hann inte ta kontakt och avisera min ankomst. Får jag komma in?

Ingrid tittade bedjande på Ebbe.

- Ja, ja, så klart! Välkommen in, prinsessan! Varsågod
  och stig på.

Ebbe fylldes av barnslig glädje av att så oväntat få träffa
prinsessan Ingrid så han uppförde sig som en gladlynt gosse.
Rörde sig runt henne överdrivet tillmötesgående och hjälpte
henne av med kappan. Ingrid och Ebbe hade inte träffats på
länge, men de kände varandra väl, ja allt sedan hon var tolv,
då hon ett par år tidigare hade förlorat sin mamma
kronprinsessan Margareta som var långt gången i sin
graviditet med sjätte barnet i magen, men dog i rosfeber.
Ebbe kom då att bli ett viktigt stöd för lilla Ingrid i hennes
stora sorg, medan hennes fyra bröder tystnade och gömde
sig, var och en på sitt sätt. De ville inte prata med någon.
Ingen lyckades komma dem nära. De avvisade alla. Deras
pappa kronprinsen var förkrossad och svår att nå. Han var
dessutom mycket aktiv och inte så tillgänglig för sina barn i
sin djupa sorg. Men det fanns tjänstefolk som kom att stå
de fyra gossarna och deras syster Ingrid nära. En av dem var
Ebbe som skulle se till att få hennes äldste bror till skolan.

Ingrid var den enda flickan av Victorias sex barnbarn.
Hon studerade i staden och hade plötsligt fått för sig att
hälsa på sin farmor eftersom hon skulle ta ledigt från
studierna och resa hem till Stockholm dagen därpå för att
fira jul med familjen.

- Vill prinsessan ha något att dricka eller äta?
- Nej tack, Bengtsson. Jag behöver inget. Jag vill bara
  önska farmor en god jul.
- Då så. Vänta här en stund medan jag går upp och
  frågar drottningen.

Ebbe lämnade prinsessan Ingrid i hallen och gick upp till Victorias rum, och närmade sig henne försiktigt. Ellen och Vendela som satt på var sin sida om sängen makade på sig och drog sig smidigt undan. Ebbe lutade sig över Victoria. Han talade lågmält med en lagom tonstyrka, som han visste hon skulle höra:

> — Hennes Höghet drottningen. Prinsessan Ingrid har just anlänt. Hon vill gärna komma upp hit för att önska drottningen en god jul. Går det för sig? Får hon komma in?

> — Nej, absolut inte! Jag tar inte emot någon! Jag har alldeles för ont i dag och har förfärliga svettningar! Känner också att jag när som helst behöver kräkas. Hälsa henne det. Och tala om för henne att hon MÅSTE anmäla sina besök i god tid, minst några dagar innan! Det borde hon veta och rätta sig efter.

Det var nog första gången Victoria var så avog och kort i tonen mot sitt barnbarn. Men Victoria kände sig nu så sjuk och ful i sitt stripiga hår, att hon uppenbart inte ville att Ingrid skulle se henne så.

> — Ja, jag förstår drottningen, svarade Ebbe kort, medan sköterskorna iakttog honom. Det ska jag genast meddela prinsessan, sa han, och lämnade rummet lika tyst som han hade dykt upp.

Ebbe gav sig iväg ner till Ingrid som väntade i hallen med blomman i sin hand.

> — Nej tyvärr, prinsessan. Hennes farmor anser sig inte kunna ta emot Hennes Höghet. Hon orkar inte, och har alltför ont. Drottningen bad mig också framföra hennes önskemål om att prinsessan alltid

ska meddela sina besök, och då helst några dagar innan.

Ingrid blev både ledsen och besviken. Tappade fattningen och uppträdde något förvirrad. När hon väl samlat sig, sträckte hon fram julblomman i rött och vitt till Ebbe:

— Bengtsson, var snäll och ge den här till farmor i alla fall, och hälsa henne från mig. Och ... men ...

Ingrid ville säga något mer, men fick inte fram orden. Hon var uppenbart överrumplad av det som hände. Ebbe visade att han kände med henne. Tyckte verkligen synd om henne. Det syntes i hans ögon.

— Tack i alla fall, Bengtsson. Adjö då, och god jul!

Ebbe log mot henne:

— God jul själv, prinsessan. Ber att få önska henne allt gott och hälsa gärna familjen i Stockholm.

Prinsessan Ingrid lämnade Villa Svezia med stor besvikelse efter att Ebbe hjälpt henne på med kappan och skaffat fram en droska. Men han fick aldrig sagt att han strax före hon hade dykt upp, hade telegraferat till hennes far och farfar och bett dem att snarast komma hit. Varför sa han inget? Överlät Ebbe till hennes far att berätta? Han som inte var välkommen. Ja, så var det nog.

Ebbe mindes Ingrid som en underbar flicka som nu blivit vuxen. Det var fint att träffa henne. Hon hade alltid varit mycket rar och trevlig och de hade haft många fina stunder tillsammans ända sedan hon var tolv och mycket olycklig, fortfarande fast i sin stora sorg. Ingrid var nog den som stod sin mor närmast av de fem barnen. Hon var nu nitton och livet låg framför henne. Inte hade hon en aning om, att hon en dag skulle bli drottning av Danmark.

Ebbe undrade om Victorias avvisande också kunde bero på att Ingrids pappa kronprinsen inte låg så väl till hos sin mor sedan han hade gift om sig för sju år sedan med en icke kunglig engelsk dam, Louise av Mountbatten. Dessa två kvinnor kom varandra aldrig riktigt nära. Victoria var skeptisk från början och var inte välkomnande. Hon hade önskat att äldste sonen gift sig med en kunglig dam, gärna furstinna eller prinsessa, eftersom hon förväntades inta Victorias roll som drottning, en gång.

Ebbe gick till sitt sovrum. Stängde dörren om sig och la sig på sängen. Omtumlad, nedslagen och övergiven, ja riktigt håglös. Ingenting tycktes fungera här i huset längre. Men han visste inte då, att han snart skulle komma att belastas av hemligheter som han inte hade bett om och förväntades bära i all evighet, men insåg långt senare, att han inte kunde bära allt själv. De kungliga hemligheterna tycktes aldrig ta slut, skulle det visa sig. Men han kände sig något lättad vid tanken på, att han alltid kunde vända sig till Assar, som redan visat sig vara en mycket bra lyssnare, och som säkert kunde hålla tyst.

12

Se upp för de italienska gossarna!

Röken från järnspisarna i köket och kakelugnen i Victorias sovrum blandade sig med den tidiga morgondimman. Doften av fuktig, bränd ved och kol, låg som ett täcke över den stora villan när den stilla tystnaden plötsligt bröts:

– Hjälp! … vatten … vatten! Jag dör!

Victoria slängde armarna rakt upp i luften och skrek så högt och förtvivlat och ropen på hjälp kunde höras i hela huset. Översköterskan som vakade vid hennes säng väcktes plötsligt ur sin slummer. Hon satt vid sidan av sängen och hade precis slumrat till. Ruskade på huvudet, lyfte händerna och vände sig till Victoria medan hon drog sin hand genom hennes hår för att lugna henne, samtidigt som hon försiktigt viskade:

– Ja, ja, drottningen. Lugn. Jag ger mig iväg och hämtar vatten.

– Hjälp! Jag har så ont! Kan inte andas. Det är så kallt. Jag fryser! Var håller den där eldaren hus?

Fru Bergman reste sig och tog ett par snabba steg mot hörnet och den stora vasken. Eller snarare tog sikte på tvättfatet på den bruna kommoden med rentvättade och nystrukna vita handdukar vid sidan om. Med sina händer i tvättfatet förfärades fru Bergman av sin egen spegelbild när hon plötsligt upptäckte sitt trötta ansikte. Nej fy, vad jag ser ut! Utbrast hon i sitt inre som nästan hördes ända bort till den sjuka.

    — Fru Bergman! Ta hit bäckenet! Jag måste kissa!

    — Ja, javisst drottningen, jag kommer strax med det.

Fru Bergman hämtade genast det lilla plåtbäckenet som hon snabbt gjorde i ordning och förde in det på sidan under Victorias täcke.

På kommoden stod en liten bringare i vitt porslin med vatten klart för baddning av Victorias panna när hon svettades. Det gjorde hon allt mer. De fick hämta ljummet vatten direkt från köket i en liten mjölkflaska i brunt glas. Sedan fuktade översköterskan en bit tyg att torka svetten med. Vendela, som just kommit in i rummet gav sig iväg med flaskan i handen, samtidigt som hon hälsade på översköterskan med en kort blick. Vendela var snabbt tillbaka och sträckte fram flaskan till fru Bergman, som i sin tur försökte nå fram med den till Victoria.

    — Här drottningen, baddar jag hennes panna. Sedan tar vi det andra.

Översköterskan hällde lite vatten ur flaskan i en vit handduk och baddade Victorias panna som dröp av svett. Men det var inte så lyckat.

– Aj! Det är för kallt, stönade Victoria och vred sig i
sängen, varvid Vendela skyndade fram till henne
med lite varmare vatten.

De båda sköterskorna hjälptes åt att badda hennes panna
och samtidigt hålla henne i handen på var sin sida. Victoria
slappnade av, samtidigt som hon lät armarna falla löst ner
på täcket. Fru Bergman tog hennes hand och smekte den så
varsamt och fint, att Victoria såg ut att få ro. Det rasslade
till om hennes andetag när hon var på väg att somna. Utan
morfin för en gångs skull.

Lugnet hade precis lagt sig när Ellen kom smygande in i
det mörkalagda rummet när en ljusstrimma från korridoren
snabbt drog förbi. Nu var de tre sköterskor runt sjuksängen
och fru Bergman skulle bytas av. När Victoria vaknade på
natten skulle det finnas minst en sköterska vid sängen. Det
hade drottningen bestämt. Helst fru Bergman, men så
kunde det inte alltid vara. Därför fick Ellen och Vendela
turas om att ta nattpasset hos henne. Victoria vaknade nu
flera gånger varje natt och behövde hjälp på olika sätt.

– Såja, drottningen, sa fru Bergman och lyfte undan
täcket en aning, vände sig mot Vendela och
fortsatte:

– Vendela, nu kan hon gå till köket och äta sin
frukost, sa Victoria plötsligt.

Drottningen fick aldrig lämnas ensam. Under dagtid
krävde hon två av sköterskorna vid sängen, en på vardera
sidan. Undantag från det kunde bara göras när Munthe gav
henne en stund eller ibland uppåt en timme hos henne när
han orkade. Då fick ingen annan närvara. De stunderna var
guld värda för sköterskorna, för då kunde de träffas och vila,

ta igen sig och umgås med varandra på ett avspänt sätt. Det behövde de verkligen. De fick nämligen aldrig prata med varandra om sina egna privata angelägenheter i drottningens rum. Därför växte deras behov av dessa träffar i takt med de gånger som Victoria hade Munthe hos sig vid sängen. Sköterskornas småprat i pauserna visade sig vara det viktiga kittet som höll dem samman. De hade börjat tröttna på den ensidiga tillvaron och behövde träffas mer för att prata, umgås och koppla av, medan deras hemlängtan malde på i deras huvuden.

Ellen stannade kvar hos Victoria medan fru Bergman lämnade rummet på sin väg ner till köket. Hon skulle snart sova efter den tidiga frukosten som väntade. När hon kom till köket fanns det kaffe i kannan, Vendela hade hällt upp två koppar. Ellen hade redan varit uppe tidigt och kokat kaffet, berättade Vendela. Kökspersonalen var inte på plats så här tidigt på morgonen. Vendela tog fram bröd och smör och började skära upp, medan fru Bergman tog fram havregryn för att koka sin gröt:

–   Bra att Vendela kom så snabbt. Jag var alldeles yrvaken när jag väcktes av ropen, stönade fru Bergman.

–   Ja-a, själv var jag nästan vaken, för Ellen hade stigit upp en stund innan och begett sig hit, sa Vendela.

De fortsatte äta sin frukost under tystnad.

Munthe som nu börjat sova riktigt dåligt och dessutom hade svårt för att somna, hade också hört Victorias förtvivlade rop. Han plågades allt mer av hennes ständiga rop på hjälp och var uppenbart mycket bekymrad över hur han skulle hantera det hela. Victoria var nu så illa däran, att han nästan inte orkade se henne lida längre. Han insåg allt mer att hennes tid var utmätt och slutet låg nära. Men vad kunde han göra? Vilka valmöjligheter hade han för att mildra hennes lidande och hur skulle slutet se ut? Victoria visade sig vara mer seglivad än Munthe hade vågat tro. Så även Ebbe, som allt mer börjat fundera på hur länge det skulle pågå. Han var trött och bara längtade hem.

Ebbe hade också vaknat av Victorias rop och mötte den trevlige eldaren i korridoren strax utanför sitt sovrum. Det kändes kallt och ruggigt, så han vände sig mot Emile.

– Good morning Emile! Han måste elda på ännu mer! Vi fryser. Det är alltför kallt här i korridoren om morgnarna. Låt gärna dörren till köket stå öppen över natten så värmen kan ta sig hit upp. I köket kan han ju alltid elda på.

Den vänlige Emile tittade på Ebbe med en frågande blick, medan Ebbe fortsatte:

– Passa på att elda så mycket det går, i alla fall på natten. Drottningen måste få ha det så varmt som det bara går, nu när hon är så sjuk. Ge sig nu av till drottningens rum och knacka lite lätt på hennes dörr och se om det behöver fyllas på i kakelugnen. Hon får absolut inte frysa. Men var försiktig. Stör henne absolut inte.

Ebbe försökte säga det så vänligt han kunde. Han insåg att det var mycket besvärligt för Emile att hålla hela huset varmt så här på senhösten. Det blev många nätter som han fick jobba hårt.

– Si, si Il Signore! Det ska bli. Sa den unge italienaren
och log en smula.

Emile var mycket snäll och trevlig man i tjugoårsåldern
och såg ut att trivas bra med folket i huset. Det gladdes
Ebbe åt. Emile kunde lite engelska. Det var ovanligt men
bra. Och det behövdes. Emile ilade vidare för att fylla på
ved i drottningens kakelugn. Victoria reagerade så fort Ellen
släppt in honom:

> – Il Signore! It is too cold! It must be warm in here,
> sa Victoria, mycket irriterat och fäktade med
> händerna.

> – Yes yes, your Highness. Good morning! I will do
> my best, svarade han med vedkorgen i handen
> medan han rörde sig sakta mot kakelugnen som
> hade svalnat.

Han fyllde på med papper och ved och tände på. Sen drog
han vidare när han såg att elden hade tagit sig. Men innan
han lämnade rummet vände han sig mot drottningen,
bugade sig artigt med ett leende:

> – Your Highness! It will soon be warm, but it will
> take some minutes.

Emiles blickar mötte Ellens under tystnad. Luften
vibrerade mellan dem i det dova ljuset. Hade de sitt eget
signalsystem på glänt? Träffades de i smyg? Ebbe hade
börjat undra.

När Victoria vid anställningsintervjun i somras hade frågat
Ellen rakt på sak om hon hade fästman och Ellen svarat nej,
tyckte Victoria det var bra, men samtidigt förmanat henne:
"Se upp för de italienska gossarna! De kan man aldrig lita
på!" Ellen hade blivit lite generad. Visste inte vad hon skulle

säga, men fick jobbet. Och nu var hon på väg att ångra sig eftersom det drog ut på tiden. Hennes hemlängtan var alltför stark. Hon saknade alla. Men vad kunde hon göra?

13

Drottningens dödsångest tilltar

Ebbe gnuggade sömnen ur ögonen och begav sig ner för trappan mot köket för att se om Munthes frukost var framdukad. Munthe ville alltid inta sin frukost innan han besökte Victoria, eftersom hon nu gjorde allt hon kunde för att hålla honom kvar vid sängkanten så länge som möjligt. När han tröttnat på att sitta hos henne timme efter timme och sedan lämnade henne, sa hon varje gång: "Come soon, Axel! Come soon!" Hon gillade absolut inte att bli lämnad. Försökte göra allt för att hålla honom kvar varenda gång han satt hos henne.

När Ebbe kom till köket satt Munthe där mitt i sin frukost och knaprade på ett knäckebröd med en skiva ost på, medan andra handen vilade på den rykande kaffekoppen.

   — Bengtsson, sa Munthe plötsligt när han svalt den första tuggan. Nu är det dags att kalla hit kungen och prinsarna. Victoria är nu så sjuk att de måste få en chans att träffa henne innan det är för sent.

Meddela dem nu, i dag Bengtsson. Be dem att komma hit någon gång under veckan före julhelgen och säg som det är. Att det är allvarligt.

– Det ska jag genast göra doktorn.

Ebbe lämnade snabbt köket och gav sig iväg till kontoret för att utföra uppdraget på teleprintern.

– Och säg inget om det till Victoria!

Munthe visste att hon absolut inte ville ha hit sin make. Ja, kanske inte heller kronprinsen. Det var bara Wilhelm som var välkommen. Inför honom vågade hon visa sig svag.

– Nej, absolut inte, svarade Ebbe innan han försvann ut genom dörren på snabba fötter.

Victoria hade varit den starka i kungafamiljen ända sedan tidiga år. Kanske därför hon på senare tid fick epitetet pansardrottningen av personalen på slottet.

Prins Wilhelm var mycket svag för sin mamma. Han hade säkert känt att han var hennes älskade barn sedan hon förlorat Erik, hans mycket sjuke lillebror som dog alltför tidigt. Victorias innerliga kärlek hade då koncentrerats på Wilhelm som behövde hennes stöd, allt sedan hans egen hustru Maria Pavlovna lämnat honom ensam med lille Lennart som skulle fylla sex. Victoria hade tagit stort ansvar för den lille gossen, eftersom Wilhelm var i tjänst som sjöofficer och för det mesta befann sig långt ut till sjöss. Nu var Lennart tjugo och utbildade sig till officer. Hans farmor hade förlorat kontakten med honom under de senaste åren.

Munthe hade inte hunnit äta så mycket av sin frukost och dricka sitt kaffe i köket, förrän han hörde Victorias rop:

— Axel! ... Axel!

Axel satt kvar. Svarade inte. Låtsades inte höra. Han ville först avsluta sin frukost. Victoria försökte ropa efter hjälp där hon låg och stönade, vred och vände på sig i den jättelika sängen.

> — Ellen! Ge sig iväg och hämta Axel. Nu! Han sitter nog kvar i köket, sa Victoria, uppenbart upprörd för att hon inte fick något svar, eftersom hon antog att han hörde.

Hon ville nu känna sig fin inför mötet med sin älskade son, så hon fortsatte:

> — Och syster Ellen! Var så god och kamma mitt hår, kommenderade Victoria, i lätt irriterad ton. Hon visste ju hur risigt hennes hår hade blivit efter så lång tid i sjuksängen.

> — Javisst drottningen, det ska jag gärna göra, svarade Ellen, lika vänligt som hon alltid brukade.

Munthe hade precis avslutat sin frukost och gav sig iväg. Han hade alltid rört sig snabbt, men nu blev det lite långsammare än vanligt. I dörröppningen till köket mötte han Vendela. Hon hann inte säga något förrän Munthe närmade sig och nästan knuffade undan henne för att bana väg till Victoria där Ellen precis hade avslutat drottningens hårvård. När Axel väl var framme vid sidan av sängen, vände Victoria sig till honom med sin utsträckta hand:

> — Axel, älskade Axel! Hur ska det gå för mig? Du måste hjälpa mig! Ellen! Var vänlig och lämna rummet, sa Victoria ganska strängt, samtidigt som hon sträckte sina händer mot Axel och stönade:

– Oh, Axel! Hjälp mig! Hör du Axel! … Hjälp mig!
Svara mig!

Hennes röst var svag, men påstridig. Hon andades djupt mellan varje ord. Kommandot i tonen fanns där, och dödsångesten hördes i hennes tonfall. Axel satte sig vid sängkanten, fortfarande utan att säga något. Han tittade på Victoria, men satt där bara tyst och stilla och såg fundersam ut. Det stressade Victoria.

– Axel! Jag vill inte dö! Du måste rädda mig! Om jag snart ska dö, så vill jag dö med dig! Jag vill inte dö ensam! Du måste vara med mig!

Axel tittade undvikande åt sidan. Fortfarande utan att säga något. Han ville inte svara eller fann inget svar, helt enkelt. Bara vände sig bort och stirrade på dörren. Han skämdes för tankarna han brottades med. Att han gett upp och hade en plan. En plan som på något sätt plågade honom. Victoria sträckte fram sin hand till Axel, som motvilligt mötte den. Hon försökte hålla fast i hans, men lyckades inte så bra. Victoria var uppenbart orkeslös och somnade med sin hand i Axels. Efter en kort stund lösgjorde han sig försiktigt och släppte taget om hennes hand, och drog sig långsamt ut ur rummet. Han kallade upp Ellen och Vendela i hallen och förmanade dem:

– Systrar! Nu får ni vara mycket försiktiga med drottningen. Hennes tillstånd är inte alls bra. Låt henne somna om bara. Vaknar hon så prata med henne så mycket ni kan. Då glömmer hon morfinet.

Munthes plan hade börjat ta form, men det höll han för sig själv. Ingen skulle få veta. Jo förresten. En. Den ende som han nu kom att söka stöd hos.

14

Victoria lättar sitt hjärta

Sköterskorna var propert klädda i sina blå klänningar och strukna vita förkläden med en liten blå och vit hätta på huvudet, fastsatt med en hårnål. Översköterskan i sitt långa ljusa hår som nästan alltid var uppsatt i knut, medan Ellen och Vendela var mörkhåriga och ganska kortklippta. Något lika men på ett sätt ändå olika. Vendela pratade mest medan Ellen lyssnade mer. Vendela var några år äldre än Ellen och den mest erfarna av de två. För Ellen som bara var tjugotvå, var det här hennes första anställning som undersköterska. De tre turades om att sitta hos Victoria och hålla henne i handen och göra allt vad hon önskade. Emellanåt fuktade de hennes panna eller ansikte när hon svettades och det gjorde hon nu allt mer. De försökte också trösta henne så gott de kunde när hon hade mycket ont och bara pratade om sorgliga saker. När smärtan plågade Victoria som mest, gav fru Bergman henne morfin. Det vågade översköterskan nästan aldrig ifrågasätta, eftersom det var en sträng order från drottningen. När fru Bergman inte vågade ge Victoria fler doser, vände hon sig till Munthe. Men även han fick efter hand som tiden gick, ofta ge med sig. Han insåg nu att Victoria hade blivit beroende av morfinet. Hennes morfinbegär tycktes allt mer omättligt. Munthe visste uppenbart inte hur han skulle hantera det. Därför kom han och fru Bergman överens om att de skulle göra allt för att begränsa Victorias morfin-konsumtion.

– Fru Bergman! Nu måste vi hålla igen på morfindoserna. Den ger allvarliga konsekvenser.

– Ja doktorn. Det förstår jag.

– Förstoppningen tar hårt på drottningen! Och hennes hallucinationer har bara ökat.

Förstoppningen var svårt att hantera för sköterskorna. Victoria hatade den behandlingen. Det var något som Munthe absolut inte ville hjälpa till med. Hennes hallucinationer däremot, hade han inga problem med. Det gav honom tvärt om lite stimulans att försöka tolka och använda för att lugna eller vägleda henne. Människans skapande av inre hallucinationer var ju hans specialitet som hypnosläkare.

Det var sen kväll, midnatt närmade sig. Ebbe var på väg ut från Victorias sovrum efter att han sagt god natt. Men strax innan han stängde dörren, hörde han Victoria:

– Snälla, kära Bengtsson. Stanna kvar hos mig! Vill han vara vänlig och sjunga en godnattvisa för mig?

– Ja gärna, ers höghet. Vilken vill drottningen höra?

– Ja … eh … den där Brahms nånting …

– Kan det vara Brahms Vaggvisa, "Nu i ro slumra in",
undrade han och gick fram till pianot och la sina
fingrar mjukt på tangenterna, tryckte försiktigt ned
dem så det skapade ett ackord. Tog tonen med sig
i huvudet och började sjunga samtidigt som han
sakta rörde sig mot henne:

Nu i ro slumra in
lilla älsklingen min,
ned i kudden dig göm
vid din rosiga dröm
Tills du väcks, lilla vän,
nästa morgon igen,
tills du väcks, lilla vän
nästa morgon igen.

– Oh, tack Bengtsson! Underbart!

Victoria slöt ögonen och såg ut att somna direkt, men
Ebbe noterade att hennes mun och ansikte fortsatte prata,
men utan tillstymmelse till ljud. Hade hon redan fallit i
sömn, eller var det så att hon redan var borta i sina
hallucinationer? Hon brukade njuta av texten och melodin
med Ebbes röst.

Precis när Ebbe reste sig och var på väg att lämna,
vaknade Victoria till:

– Bengtsson! Kom och sätt sig här hos mig. Jag
behöver prata med honom. Håll mig i handen, sa
hon plötsligt, med en bestämd ton.

Ebbe ryckte till. Han trodde ju att hon hade somnat.

– Käre Bengtsson! Vad ska jag göra? Jag märker att
Axel har tröttnat på mig för att jag är så sjuk. Hjälp
mig. Det är fruktansvärt att bara ligga här och ha så
ont. Jag som hade hoppats att vi båda skulle åldras
tillsammans och få dö på Capri, kärlekens ö. Oh,
bäste Bengtsson, jag vill tillbaka till mitt älskade
Casa Caprile på Anacapri. Där kunde jag varma
sommarkvällar i kvällsbrisen se Axel stå i sitt torn
på Torre di Materita och vinka till mig. När väl
mörkret hade lagt sig, kunde jag smita bort till
honom för att mötas i underbara kvällsstunder.
Bara vi två, försjunkna i varandra på denna vackra
ö, omgivna av Medelhavets ständigt skiftande brus
och få känna den salta vinden som drog genom mitt
hår. I Torre di Materita fanns ingen personal
nattetid. Vi kände oss verkligen fria, och Gud var
med oss. Måtte jag få dö här, tänkte jag många
gånger. Men hur skulle det gå till? Ja Bengtsson, hur
ska det gå till? Tror han att Axel kan rädda mig?

Ebbe vred på sig osäkert där han satt vid sängen.
Svarade undvikande:

– Ja, jag har nog förstått att drottningen och doktorn
har haft det fint på Capri. Det är en underbar plats
och jag älskar också den otroligt vackra ön. Jag är
så tacksam över att ha fått vara med drottningen
och doktor Munthe där så många gånger under
årens lopp. Det vill jag gärna drottningen ska veta.

– Bengtsson! Vad har jag gjort för att drabbas av
detta hemska öde? Käre Bengtsson! Vad har jag
gjort?

Fylld av frågor om skuld och smärta, fortsatte Victoria att berätta mycket detaljrikt om hur katastrofalt hennes liv hade blivit när hennes föräldrar bestämt sig för att hon skulle gifta sig med Gustaf.

Victoria vände sig mot Ebbe och fortsatte:

– Bengtsson ska veta, och det är bara Bengtsson som får veta att jag gjorde allt för att slippa ingå äktenskap med Gustaf. Det var mina föräldrar som bestämde. Jag var inte heller riktigt frisk vid den tiden men ingen brydde sig! Bengtsson anar inte vilken svår tid jag genomled de första åren i Stockholm. Det var fruktansvärt. Och jag fann inga utvägar. Hade ingen att vända mig till och ingen att prata med. Gustaf och jag kom varandra aldrig riktigt nära, men barn skulle det bli. Det var viktigt och helst ett gossebarn, men det blev tre. Det var då jag kände …

Ebbe försökte avbryta henne:

– Ärade drottningen. Människor ville kanske gärna tro att drottningen vid den tiden kunde tänka sig att bli med barn och föda en blivande prins. Var det inte så?

– Nej, icke Bengtsson! Gustaf bestämde! Det var inget jag såg fram emot. Han avlade barn i min kropp! Så blev prinsarna till, mot min vilja. Min kropp blev offer för maktens värsta förtryck och jag försökte finna en utväg, men fann ingen, hur jag än försökte. Därför blev jag aldrig den mor som jag drömt och fantiserat om som ung. Min dröm om innerlig kärlek med en man krossades när jag upptäckte hur fel det blev. Allt gjorde bara … ont.

Victoria berättade allt mer långsamt, medan hennes röst blev svagare. Ebbe tystnade. Såg att Victoria var på väg att somna mitt i sitt berättande.

Ebbe satt tyst en stund och funderade på hur han skulle hantera hennes berättelse som var mycket personlig. Inget han hade bett om. Det kändes tungt. Ville inte veta, började i stället tänka på Mia. Och annat.

Ebbe kom att tänka på när hans syster Elisabeth jobbade en tid under våren 1922 hos prins Wilhelm för att ta hand om prins Lennart. När drottningen frågat Ebbe om han visste någon som kunde hjälpa, hade han föreslagit henne. Hon var sjutton då och fick förtroendet av Wilhelm att städa prins Lennarts rum och se till att han hade fina kläder på sig varje dag när de skulle ta långa promenader. Så fort de blev slitna fick vem som helst av personalen dem. Elisabeth tog tacksamt emot Lennarts avlagda kläder och skickade till Assar i Malmö. Prins Lennart och Assar var båda tolv, men Lennart var mycket längre och tillika ett halvt år äldre, så kläderna passade inte Assar riktigt. Det gjorde att han blev hånad när han skulle fylla tretton och gick i sexan på Johannesskolan. Men det fungerade inte att komma till skolan med prinsens fina kläder. När Elisabeth återvänt till Malmö, kom Assar att långt senare skriva om det i en dagstidning i Malmö: "När jag kom till skolan i den fina kavajen med sprätt i ryggen, gjorde skolkamraterna narr av mig. Det förtog en del av glädjen, och det blev än värre när jag kom med prins Lennarts Vegamössa i siden. Då rev

grabbarna av mig mössan och sparkade boll med den tills
bara skärmen fanns kvar."

När prins Wilhelm förstod att Elisabeth var mycket duktig
på att dansa, ville prinsen att hon skulle lära honom, särskilt
pardanser som vals och schottis. Det gjorde hon gärna, men
det blev efter hand besvärligt för henne, eftersom Wilhelm
ibland försökte dra henne till sig på ett bestämt sätt, inte
bara hålla om henne som han skulle. Han visade mycket
tydligt att han ville mer med henne. Ja, han till och med
försökte kyssa henne en gång precis när de stannat till i
valsen, men då tog det skruv. Elisabeth hade slitit sig loss
från hans långa armar och rusat därifrån. Dagen innan hade
han råkat trampa henne på tårna och erbjudit henne en tårta
för sitt misstag. Men nu blev det för mycket. Elisabeth gav
upp och sade upp sig från tjänsten efter bara ett par
månader. Det var mycket sorgligt, för hon tyckte verkligen
om Lennart och hade gjort allt hon kunde för den lille
gossen. Att så plötsligt tvingas lämna prins Lennart var det
värsta. Fylld av skuldkänslor kom hon länge att sakna
honom. Hon hörde aldrig av hans pappa.

När Ebbe dagen efter fann ett brev från Mia i postlådan,
blev han riktigt uppspelt och begav sig direkt till sitt rum
med brevet i handen. Med skakiga ben tog han plats på
stolen. När han läste det än en gång för att riktigt ta det till
sig, föll han i gråt. Tårarna hann falla på brevet innan han
fick tag i något att torka sig med. Han drog snabbt av sig
kavajen, slängde den på stolen och satte sig på sängkanten,
snörde av sig skorna och lade sig utsträckt i sängen och drog
upp täcket till halsen. Men då brast det för honom. Han

storgrät och drog täcket vidare upp över huvudet, för att
ingen skulle höra.

Hej min käre, älskade Ebbe!   *Solna den 5/12 1929*

*Hoppas att allt väl med dig, långt där borta. Tänker på dig dag och
natt. Ja, varje gång jag vaknar i mina hostattacker, längtar jag efter
dig och vill att du ska vara här. Hos mig. Nära. Jag är ju ganska
tröttkörd nu, som du förstår.*
*Och tack för ditt fina brev! Det hjälper mig att orka kämpa vidare
och uthärda. Att längta kan kännas fint, men är svårt i dessa tider.
Jag förstår att du blev överrumplad och chockad över att du skulle bli
pappa. Du visste ju inget och jag vågade inte säga något när du reste.
Men vad fint att du blev så glad för det. Ja, jag förstår att det
samtidigt var svårt för dig att ta det till dig nu när du är så långt
hemifrån. Och vi hade ju inte pratat om riskerna. Fast nu vill jag
tänka på möjligheterna i stället inför vår framtid. Man vet ju aldrig.
Vi får väl tacksamt acceptera att det är som det är, se tiden an och
hoppas på det bästa. Jag kan längta och se fram emot att bli mamma!
Ebbe! Tänk att vi ska ha barn till sommaren! Det känns stort. Du
blir säkert världens bästa pappa! Nu ska jag berätta lite annat. Vi
firade Assars tjugoårsdag hos mina föräldrar. De hade bjudit hem
oss och mor hade lagat mycket god mat. Stekt kanin med kokt
potatis och inlagda rödbetor därtill. Det var billig mat i svåra tider,
men mycket gott, särskilt med tanke på såsen. Sen blev det
gräddtårta med hallonsylt som jag hade bakat. Nalle fick en liten bit
som han gladeligen slickade i sig efter att han fått lite matrester. Vi
passade också på att fira Selma Lagerlöf som fyllde 71 samma dag.
Det var Assar som kom på det eftersom han hade spelat för henne*

förra året hos friherrinnan Qoyet på Torups slott dit hon var bjuden i midsommartid för att fira författarinnans 70 år.

Jag har fått allt mer ont i kroppen och hostar nu ganska mycket, så jag var hos doktorn härom dagen. Han sa att det kan vara tuberkulos eller lungsot, så jag ska vara försiktig och inte jobba så mycket i konditoriet.

Och vet du vad? Assar tar med sig Nalle till torget i Solna varje dag för att se om flaggstången är hissad på halv stång. För då förstår han att drottningen är död och kan åka hem. Jag tror att han längtar hem till mor och far och syskonen, men han säger inget om det. Av hänsyn till mig, tror jag. Han ser ju att jag är svag och kanske på väg att bli riktigt sjuk. Ja, det där känns inte bra, Ebbe. Att jag kanske är sjuk samtidigt som jag är "är på det viset." Vad ska jag göra? Kom hem så fort du kan!

Det verkar som det har satt sig i ryggen, men jag hostar också upp slem. Doktorn tyckte att Assar borde resa hem, så jag inte riskerade att smitta honom. Det har vi pratat om, men han säger att han har svårt för att lämna mig ensam här med Nalle och sköta konditoriet. Han ser ju att jag inte orkar så mycket. Han och Nalle har verkligen funnit varandra. Det är härligt att se men jag har sagt åt honom att han kan resa hem när han vill. Om han gör det, så får vi se om jag hittar någon annan som kan hjälpa mig. Jag får heller inte under några omständigheter arbeta med mina vänner på vår lilla teater. Det känns mycket sorgligt. Vad ska jag göra om jag inte får vara med längre? Oh, älskade Ebbe! Jag saknar dig så innerligt! Kom hem så fort du kan! Jag behöver dig! Du kan väl komma hem till jul?

Din tillgivna Mia

Redan dagen efter fick Ebbe annat att tänka på när Axel Munthe på olika sätt antydde för honom hur han hade tänkt avsluta sitt sista uppdrag som läkare, i alla fall som drottning Victorias förste livmedikus. Det skrämde Ebbe. Fantasierna tog fart och insomningsproblem tog vid. Han avstod i det längsta för att be Munthe om hjälp.

15

Ökad oro i Villa Svezia

Innan Ebbe lämnat Munthe efter besöket hos honom i går, hade doktorn försökt viska något i Ebbes öra, men inte nått riktigt fram. Ebbe uppfattade det som något oroväckande, om han hört rätt. Han hade börjat misstänka och nästan ana vad Munthe menade, men av rädsla bara avfärdat.

Var Ebbes onda aningar på väg att bli verklighet? Och om så var fallet? Vad skulle han göra? Hans uppdrag var ju att finnas till och göra allt för drottningen så länge hon levde.

Medan Ebbe våndades med dessa skrämmande tankar, hörde han hur Victoria vred och vände på sig i smärtor bakom väggen. Ebbe hade sitt sovrum väggivägg med Victorias, så hennes rop på hjälp störde hans nattsömn.

Det som Munthe hade försökt viska i Ebbes öra, tog allt mer plats i honom. Han fylldes av oro. Vistelsen här började kännas farlig. Alla inväntade nu slutet för drottningen. Troligen hon själv också. Det låg i luften. Ingen kunde undgå det och ingen kunde ana hur det skulle te sig, men

många anade nog att Axel Munthe hade sina egna tankar om
det. Ebbe kände på sig att livläkaren hade en egen plan om
hur det hela skulle avslutas.

Drottning Victoria och alla som hade hand om henne
befann sig i varmare trakter långt hemifrån, men nu var det
vinter även i Rom. Fast inte så kallt som i Stockholm. Den
stora gråputsade villan på två våningar skakades av regn och
storm denna kyliga natt, endast upplyst av en svag gaslampa
på en svart gjutjärnsstolpe strax utanför huset. Gaslågan
skyddades av glas som var inramat av metall där glaset nog
inte hade blivit putsat på åratal. Den kastade trots allt ett
svagt ljus ända fram till porten där de stora runda, svarta
handtagen i smide stack ut. Regnet piskade fönstren som
täcktes inifrån av randiga gardiner i blått och gult. Åskan
och de sprakande blixtarna lyste då och då upp den
julpyntade villan, medan regnvattnet på tegeltaket blev till
små floder som strilade ner i hängrännorna och svämmade
över på sina ställen. Det var mitt i natten och termometern
visade på fyra grader Celsius.

Alla i huset gjorde sitt yttersta, arbetade hårt och bjöd till
för att mildra Victorias svåra lidande. Sköterskorna rörde sig
försiktigt i det stora sovrummet där hon låg, ja de nästan
gick på tå. Men plötsligt bröts tystnaden:

> – Aj, aj, hördes Victoria, när Vendela satt hos henne
> och läste en bok under den svaga lampan i hörnet
> av rummet.

Klockan var tidig natt, kvart över tolv. Vendela brukade
läsa varje kväll tills hon nästan somnade. Hon lade snabbt
undan boken och vände sig till Victoria:

146

- Ja, drottningen. Vad kan jag göra?
- Ropa på Axel och be honom komma hit. Säg åt honom att ta med en kanyl. Full dos! Jag kan inte somna när jag har så ont.
- Men snälla drottningen. Det är mitt i natten och doktorn sover nog. Jag vågar inte väcka honom.
- Syster Vendela! Gör nu som jag säger! Gå omedelbart och hämta honom! Det är en order!

Victoria såg att Vendela blev osäker och bara stod kvar. Den sjuka fick ta till hårdare toner och upprepade sig:

- Vendela! Gör nu som jag säger! Hämta hit Axel omedelbart!

Vendela tvekade. Blev stressad men fick en idé. Hämtade en handduk på kommoden som hon fuktat lite och la den en stund på kakelugnen. När den var lagom varm, tog hon den med sig fram till Victoria, som svettades:

- Bästa drottningen. Vi lägger den här på hennes panna så länge. Håll sina händer på den, så hämtar jag doktorn. Kommer strax.

Vendela lämnade rummet. Hon var rädd för Munthes häftiga humör och tänkte: om jag bara lämnar drottningen en stund och smyger runt i korridoren här utanför, så händer kanske inget. I bästa fall somnar hon. Hon gjorde så. Det visade sig att hon hade valt helt rätt. Efter en stund hördes inget från drottningen. Vendela smög tillbaka och släckte lampan, tog plats vid sängen och försökte bara slappna av och slumra lite. Det var i sådana situationer som hennes hemlängtan var som värst. Hon läste därför många böcker för att slippa gå in i sig själv. Vendela var så rädd för att inse den dråpliga situationen att hon hade lämnat sin familj i Stockholm på obestämd tid. Munthe hade ju sagt att Victoria var så sjuk att hon nog inte kommer att leva ända fram till jul. Och nu var hon kvar här i sin tjänst hos drottningen medan familjen hemma väntade otåligt. Vad kunde hon göra? Trots den väl tilltagna lönen som hon erbjöds vid anställningen i augusti, kände hon att hon hade lurat sig själv. Hennes inre tankar av ånger tumlade runt i huvudet. Kunde inte alls koncentrera sig på boken. Ville bara resa hem så snart som möjligt medan hon konstaterade att drottningen var oväntat seglivad. Tanken malde bara mer och mer i henne: Hur ska doktor Munthe lösa det här? Jag orkar snart inte mer.

16

Obekväma hemligheter

Det började bli mycket krävande för alla att tillfredsställa Victorias önskemål. Hon var nu allt mer kommenderande och sträng i tonen, ja till och med värre än innan hon låg sjuk. För att inte tala om doktor Munthe. Han började tröttas av Victorias ständiga tjat och krav på hans närvaro. Den bästa hjälpen han kunde bistå med var en dos lugnande morfin, eller att sitta vid sängkanten och prata med henne timme ut och timme in så ofta han orkade. Ibland flera timmar om dagen och många nätter, och nu allt mer natt efter natt. Men det tröttade honom fruktansvärt. Han ville bara slippa det hela.

Ebbe hade fått brev från sina föräldrar, men innan han fick tid att läsa, hade Munthe kallat in honom på sitt rum där han väntade, mycket sammanbiten:

– Bengtsson! Jag står inte ut längre. Jag är så förbannat trött på Victorias tjat om att jag ska komma tillbaka så fort som möjligt. Come soon, come soon, tjatar hon. Det kan vara efter flera timmar med henne. Ja till och med på natten. Förstår Bengtsson hur jobbigt det är?

– Ja, bäste doktorn. Det förstår jag. Hon har börjat säga så till mig också när jag lämnar henne. Men det har varit när hon nästan somnat in.

– Ja-a, Bengtsson. Vad ska vi göra?

– Jag har inget svar. Är bara så upptagen av att veta vad som händer med min hustru i Stockholm. Det har blivit så besvärligt för henne, och nu har jag fått brev från mina föräldrar.

Ebbe vågade inte fortsätta prata av rädsla för att falla i tårar. Bestämde sig för att avbryta. För en gångs skull lät han inte Munthe bestämma.

– Bäste doktorn. Jag ber att få återkomma när jag har läst brevet jag fick i dag.

Ebbe reste sig. Lämnade Munthe och begav sig till sitt rum där han satte sig ner och läste. Han var mycket fundersam och nyfiken eftersom det var sällan han fick brev från dem. Han såg direkt att det var hans far som skrivit:

Vår käre Ebbe!   *Malmö den 7/12 1929*
Nu är det snart jul och vi saknar dig! Vi undrar så hur du har det och tänker ofta på dig. Ja också på Assar som nu varit i Stockholm hos Mia sedan oktober. Vi hoppas att han kommer hem till jul och kan spela lite julmusik med oss. Vi vill ju fira jul med alla i familjen trots att vi inte har råd med några julklappar. Allt har blivit så dyrt och vi har ont om pengar, så det blir ingen julklapp. För dyrt också att skicka. Hoppas du inser det. Men vi vill i alla fall önska dig en

Ebbe upprepade en del av sista meningen för sig själv och tog sig för pannan: "Hoppas att drottningen mår bättre." Det kan de väl inte mena, tänkte Ebbe. Så länge hon lever måste jag ju stanna här. Han började skaka. Våndades när han läste. Allt han var så långt bort. Han saknade alla. Både i Stockholm och Malmö. Men vad kunde han göra? Ebbe blev illamående och betedde sig som han drabbats av ångest. For runt i cirklar i rummet med brevet i handen. Kan jag verkligen inte resa hem till jul? Hur ska jag klara av det här? Av ren utmattning somnade han på sängöverkastet med kläderna på. Skorna hade han redan sparkat av sig.

Victorias förtroliga, nära och intellektuella samtal med sin livläkare hade nu tystnat. Victoria hade också ofta diskuterat film, musik och fotografering och spelat piano med Ebbe. Han hade ibland även sjungit för henne. Victoria var mycket intresserad av fotografering och hade gott rykte om sig som fotograf efter många års erfarenhet. Men nu orkade hon inte längre, varken samtal om fotografering eller tänka på att någonsin fotografera igen. Dessutom hade hon misslyckats än en gång att spela med Ebbe, som hon tog mycket hårt. Hon hade uppenbart gett upp sina viktigaste drivkrafter. Starka drivkrafter som gett henne den energi som hon behövde som kompensation för sitt misslyckade äktenskap, förutom kärleken till sin älskade Munthe förstås. Fast nu var deras relation komplicerad. Drottning Victoria var verkligen brydd och led igenom dagar och nätter fyllda av smärta, inte minst av den otäcka förstoppningen. Hennes tillflykt var morfinet som fanns i hennes älskades händer. Axel hade länge tjänat henne och varit tillmötesgående, men hur skulle det sluta? En sen kväll när Ebbe låg och vilade med en tidning i handen, hörde han någon knacka på dörren, slängde tidningen åt sidan och reste sig upp ur sängen och öppnade. Där stod översköterskan fru Bergman, som hade något på hjärtat:

– Vad kan jag stå till tjänst med, frågade Ebbe.
– Drottningen vill tala med Bengtsson.
– Hur så?
– Det vet jag inte.

De följdes åt till Victorias rum och stannade vid hennes säng. Victoria tittade på översköterskan:

– Fru Bergman kan lämna rummet. Bengtsson kallar in henne när vi är klara.

Victoria vände sig mot Ebbe. Hon verkade ovanligt lugn.

– Bengtsson, jag har funderat på det som jag berättade för honom för en tid sedan. Det där om Gustaf och Axel. Jag var väl inte så klar i huvudet då, men som Bengtsson säkert förstår, ska han aldrig föra det vidare och berätta för någon.
– Naturligtvis, drottningen. Det hade jag aldrig tänkt.
– Ja, jag litar på Bengtsson. Han får ALDRIG BERÄTTA! INTE ENS EFTER MIN DÖD! Hör Bengtsson det? Förstår han det? ATT ALDRIG BERÄTTA FÖR NÅGON! Ja, jag menar också att

han inte heller berättar för sin hustru eller någon
annan. Det är en order från mig till Bengtsson. Har
han förstått allvaret? Jag blir ju så förvirrad nu när
jag tar så mycket morfin. Känner liksom inte igen
mig själv riktigt.

– Ja, det förstår jag mycket väl, drottningen. Jag lovar
att inte berätta för någon. Finns ingen anledning.
Det kan drottningen lita på.

Samtidigt som han sa det tänkte han på Assar. Då kändes
det som en lättnad. Skönt att han alltid kunde förlita sig på
Assar. Det gjorde att han egentligen aldrig kände sig
fullständigt ensam och utlämnad. Assar fanns alltid i hans
tankar som en tillgång och trygghet, trots att han nu var
långt borta.

– Håll min hand, Bengtsson. Så försöker jag sova lite.
Kalla in fru Bergman när han lämnat rummet. Jag
har inte så värst ont nu när jag tänker på Capri och
mitt älskade Casa Caprile. Men be fru Bergman ta
med sig en dos när hon kommer tillbaka, i fall att.

Ebbe satt kvar vid sängen en stund och funderade på det
som Victoria sagt och förstod att hon varit alltför privat och
nu ångrat sig. Men det var nog så, att hon hade svårt att bära
sina personliga och djupaste hemligheter in i det sista, tänkte
han. Hemligheter och händelser som en gång berört henne
i sitt innersta, som kanske även inneburit samvetskval för
hennes omoraliska leverne med Axel, som uppenbart
plågade henne. Victoria var strängt fostrad i etik och moral,
för att inte tala om dygd i enlighet med det kristna
budskapet. Men hon valde att inte berätta för Ebbe att hon
hade bett Munthe balsamera henne efter sin död. Ingen

annan skulle få göra det eftersom Axel Munthe då skulle bli den siste som kom henne nära och såg henne död. Ebbe visste redan, eftersom Munthe hade berättat, men krävt tystnad. Ebbe började plågas av alla hemligheter och tystnadskrav. Det blev tungt att bära. Tanken på att räddningen fanns på sikt, var hans lillebror Assar som nu befann sig i Stockholm och gjorde allt för att hjälpa Mia. Assar var mycket bra lyssnare och Ebbe litade på att han kunde hålla tyst.

17

Prinsarna får ett uppdrag av sin far

Ett par veckor in i december och julen stod för dörren. Victoria blev allt sämre. Högre feber och från och till ymniga svettningar blandat med kräkattacker. Dessutom minskade hon i vikt och besvärades ständigt av svåra sömnstörningar. Hon krävde också allt mer hjälp för sina förstoppningar. Det var heller inte lätt för översköterskan att stå emot Victorias återkommande krav på morfin. Därför tillkallade hon ofta Munthe för att få hans stöd när det blev allt för pressat. Konflikterna som uppstod mellan Victoria och sköterskorna tog allt mer energi från båda parter. Victorias envisa krav på morfin kunde nu ske när som helst, dessvärre ofta på natten. Det stressade den trötte livläkaren. Victorias morfinberoende var nu ett faktum och hennes försämrade hälsa oroade också Munthe. Han hade därför vänt sig till kungen genom Ebbes försorg och berättat om hennes tillstånd. Munthe upplyste kungen att det var dags för honom och en av sönerna att resa till Rom och ta farväl av Victoria, innan hon blev allt för sjuk för att kunna ta emot dem. Men alla tre kunde inte lämna landet samtidigt, eftersom kungens ersättare kronprinsen tog över rollen som statschef och därför måste finnas i Stockholm. Det var bara kungens söner som hade rätt att vikariera som tillförordnad statschef enligt svensk lag. Men kungen ville inte lämna landet. Han kände sig inte välkommen till sin sjuka hustru. Dessutom ville han fortsätta leva ostört på slottet där han kunde röra sig fritt och hålla dörren öppen för Kurt Haijby. Kungen hade vant sig vid sin frihet utan insyn. Därför beslutade han sig snabbt att inte fara till Rom och ta farväl av sin hustru. Så fort han fått inbjudan från Munthe, bjöd han in sina söner till sin våning på Slottet.

Kronprinsen och prins Wilhelm knackade ganska hårt på dörren. De visste att deras pappa nu hade sämre hörsel.

   — Var så goda och stig in mina söner, sa kungen när han slog upp dörren för dem.

   — Välkomna in och tag plats, fortsatte han med en faderlig stämma, men underlät att se någon av dem i ögonen när de passerade honom.

Prinsarna tog lydigt plats i var sin fåtölj framför sin far som stod upp, sträckte på sig och betraktade dem med en glödande Chesterfield i det långa silvermunstycket fastbitet mellan tänderna. Han bolmade på där han stod mitt framför dem och böjde sig lite bakåt, rundade munnen och blåste röken snett uppåt. Det var högt i tak. Han försökte skapa ringar av röken, men misslyckades gång på gång. Ringarna som lämnade hans rundade mun löstes snabbt upp och försvann i diffusa formationer mot taket. Han var uppenbart nervös och okoncentrerad, men försökte samla sig, drog åter ett djupt andetag med cigaretten i sin hand och tog sats:

   — Nu är det så här, sa han, och snurrade än en gång ett halvt varv på mattan med sina blanka lackskor.

Samtidigt tog han ännu ett bloss på cigaretten och pratade medan röken sipprade ut från munnen i takt med orden:

   — Doktor Munthe har bett oss att komma och fira jul med er mor. Han menar att det kan bli ett sista farväl. Er mor är mycket sjuk nu och kommer inte att leva så länge till. Därför vill jag att ni reser till henne så snart som möjligt och att ni stannar över julhelgen i Rom. Jag har en hel del arbete som jag måste hinna med innan jul. Jag utgår från att ni gör ert bästa för att er mor ska känna sig hedrad av sina söner. Ni ska naturligtvis också hälsa från mig, hennes make, och önska henne en god jul.

Kungen skyllde på sina plikter och alla arbetsuppgifter, men egentligen vågade han inte se sin hustru i ögonen en sista gång. Han var fortfarande rädd för henne, precis som han varit under större delen av deras äktenskap. Han tycktes dock inte bry sig på ett naturligt sätt inför sin sjuka makas återstående tid, och fortsatte bolma på.

Det tog lite tid mellan de få meningar han hade att säga. När han kände att stressen tilltog, började han stamma. Hans ansikte fick då ett pinsamt, lite skamset uttryck. Men han hade lärt sig att ta pauser och samla sig när han inte fick fram orden. Kungen var egentligen en uppsluppen typ, ja ofta ganska barnslig och lekfull ibland, precis som ryktet gick på slottet bland personalen. Många tyckte det var svårt att finna något djupare allvar hos honom.

Kronprinsen hade nu fått nog och reste sig resolut upp, tog sin bror i armen och drog iväg med honom, vänd mot sin far:

– Vi gör så, far. Tack far!

Prinsarna lämnade lägenheten och kungen kom sig inte för att säga något. Stod där bara och tittade efter dem med ett belåtet och lite illmarigt uttryck i ansiktet när de lämnat och stängt dörren efter sig. Han tände ännu en cigarett och prövade att blåsa ringar på nytt.

Kronprinsen oroade sig nog för vad både hans far och hans mor hade för sig. Victoria vårdades ju av sin älskade livläkare som hon varit tillsammans med under väldigt många år, ofta utomlands och mest i Italien. Samtidigt som han nog också hade sina onda aningar om sin far, som nu hade börjat ta emot en ung man om kvällen i sin våning på slottet. Det låg nära till hands att skvallret om vad de kungliga hade för sig florerade på slottet och hos vissa stockholmare som hade insyn. Många hade säkert haft sina misstankar och fördömt Victoria för hennes omoraliska leverne, men inte minst fördömt kungens misstänkta handlingar som var åtalbara. Men inte för honom, förstås. Som statschef var han åtalsimmun och kunde således begå vilket brott som helst utan att bli åtalad. Ryktesspridningen hade varit igång länge.

Det var uppenbart att kung Gustaf inte kände till, eller förstod någonting alls, beträffande drottningens tankar och förehavanden. En kung som aldrig lade in sitt veto mot hustruns utlandsvistelser och eskapader, vad de än månde vara. Victoria bestämde nästan allt i kungafamiljen sedan lång tid tillbaka och vi ska inte inbilla oss eller tro att hennes make var svartsjuk. Men en gång i tiden lär Kungen dock ha uttryckt sig kritiskt om Victorias livläkare som "den värdelöse doktorn". Kanske var det ett utslag av någon slags svartsjuka, eller bara ovisshet? Eller var det helt enkelt så, att makarna innerst inne verkligen inte var intresserade av varandra? Att de helt enkelt inte brydde sig om vad den andre hade för sig?

De ekonomiskt ansvariga jänstemännen som svarade för hovets ekonomi och finanser hade börjat oroa sig för och ifrågasätta den extremt dyra vården av drottningen. Särskilt som hon nu levde i Rom med sin älskade Munthe i samma hus. Munthes arvode som hennes livläkare var väl tilltaget och de kunde inte låta bli att ibland skämta om det faktum att svenska skattebetalare försörjde drottningens älskare. Men skämten övergick snabbt till allvar när de insåg att de kanske var medskyldiga och borde dra öronen åt sig och agera. Men vad kunde de göra? Vad borde de göra? Frågorna hopade sig. De kände ju till att drottningen var maktfullkomlig i familjen. Ingen vågade ifrågasätta eller riskera att göra sig ovän med henne. Då kunde de antagligen bli uppsagda och mista jobbet. De prövade alla möjligheter att minska kostnaderna och gick därför igenom alla utgifter och upptäckte då att hennes hovbetjänt Bengtsson var dubbelt så dyr att ha i Rom i stället för att hans tjänst var förlagd på slottet. Och likaså de tre sköterskorna som blev mångdubbelt så kostsamma. Ja, de försökte hitta alla möjligheter för att minska de orimliga kostnaderna för hennes vård, men kom ingen vart. De visste också att det inte var lönt att ta upp det med kungen eftersom de förstod att han aldrig skulle våga lägga sig i och ifrågasätta drottningens sista vilja att få dö med sin älskade doktor i Rom. Hon var ju dessutom så nära slutet nu. Alla insåg att det var för sent att lägga sig i och ändra på något. Det var bara att invänta, låta tiden gå och låta allt ha sin gång.

18

Prinsarna i Rom

Den skarpa ringsignalen från ytterdörren skar genom hela huset, men Ebbe var beredd. Han hade beställt skjuts till prinsarna. De väntades en viss tid och nu var det bara ett par dagar före julafton. Ganska kallt ute men ingen snö. Några plusgrader med fukt i luften och ihållande duggregn som aldrig tycktes upphöra. Ebbe öppnade ytterdörren och välkomnade dem.

–　Goddag Eders Högheter och mycket välkomna! Stig in. Vi tar hand om edra rockar.

–　Tack Bengtsson, sa kronprinsen medan Wilhelm nickade som tack när han såg Ebbe.

Ebbe och Emile hjälpte dem att lyfta av prinsarnas tunga rockar och ta av dem damaskerna. Hattarna la de själv på hyllan efter de skakat av regndropparna.

Nu stod de där, två långa prinsar, fyrtiofem och fyrtiosju år gamla, i huset där deras mor låg för döden. Wilhelm längre än sin storebror och dessutom mycket smalare.

Kronprinsen såg mycket välordnad och ordentlig ut med glasögonen på plats som om han studerade när han synade hallen. Han hade studerat arkeologi många år i just Italien, men även i Grekland och Egypten. Wilhelm såg lite mer tafatt och bortkommen ut. Ja, något vilsen rent utav, och visade tveksamhet när han skulle ta första steget in i den stora matsalen. Han var nog den mest orolige av de två inför mötet med sin mor. Kanske för att han var mer beroende av henne. Vem vet? Drottningens relation till kronprinsen hade däremot kantats av konflikter genom åren. Mor och äldste sonen var sällan på god fot med varandra. Båda hade starka viljor och långt driven envishet som ofta ledde till konflikter när ingen gav med sig. Nu skulle de mötas alla tre sedan de inte sett sin mor på lite mer än ett år.

Ebbe hade sett till att välkomstbuffén för prinsarna och doktor Munthe var framdukad i matsalen. På en vackert vävd vit linneduk över bordet flödade godsakerna. Gästerna kunde välja mellan kaffe, te och olika sorters juice och citrusfrukter, samt en mängd olika pålägg, som väl lagrade exklusiva ostar och köttpålägg av olika slag. Och nybakat vitt bröd förstås. Där fanns också flera sorters grönsaker, vackert upplagda på det finaste porslinet. Den guldkantade gustavianska servisen stack ut. Det överdådiga bordet var dekorerat med blommor i alla dess färger. Här syntes inga spår av börskraschen i oktober. Victorias båda söner var nu hos henne och skulle välkomnas på bästa sätt.

När Munthe anslutit och hälsat prinsarna välkomna, tog alla tre plats vid bordet och började ta för sig. Prinsarna la några skivor stekt bacon på var sin assiett och började nästan samtidigt knacka sönder skalet på de bruna äggen, medan Munthe tog det lugnt. Avvaktade. Det syntes att de var hungriga efter den långa resan och turades om att sörpla så det hördes. Den ene på kaffe, den andre på te. De var mycket försiktiga och uppenbart rädda för att bränna sig. I all tysthet betraktade Ebbe dem och var beredd att rycka in om de bad om något. Han hade sett dem äta och dricka många gånger på slottet när han hade ansvarat för familjens måltider.

Medan prinsarna åt, rättade Munthe till sin assiett och besticken framför sig. Han såg ju inte så bra nu med bara ett öga som dessutom blivit mycket sämre. Glasögonen med det täckta ena ögat hamnade ofta på sned, särskilt i stressade tider som nu. Han hade svårt att se var han hade sina bestick och allt annat framför sig, men han började så sakta ta för sig, han också.

> – Ska det vara lite påtår, undrade Ebbe när han gled fram vid sidan av kronprinsen med en vackert utsmyckad kaffekanna i silver som han höll högt med båda händerna.

Han hade en liten vit serveringsduk på den ena armen som han torkade av pipen på kannan med.

> – Ja tack, svarade kronprinsen och nickade till, lite avmätt, medan han tittade ner på sin kopp.

När Ebbe fyllt på, bytte han kanna och gick fram till prins Wilhelm.

> – Önskas det lite mer te, Ers Höghet?
> – Ja tack, hummade han. Kan jag få en sockerbit också, gärna en eller två.
> – Javisst! Prinsen, svarade Ebbe.

Ebbe ställde fram de eftertraktade sockerbitarna till Wilhelm där han satt något framåtlutad över bordet. Ja, han var lång även där han satt, något krökt över bordet, noterade Ebbe. Var han rädd för att spilla, eller ville han dölja sin långa kropp genom att huka sig fram en bit?

— Varsågod Ers Höghet!

— Åh, tack, svarade Wilhelm.

Alla tre började äta, men efter en stund vid bordet reste Munthe sig och tog till orda:

— Ja, ni ska veta, Eders Högheter, att er mor inte mår bra. Hon har nu blivit så sjuk att jag ville att er far och ni skulle komma hit och träffa henne medan hon alls orkar träffa er. Jag tyckte det kunde vara viktigt att ni fick möjlighet att träffa henne innan det blev allt för sent. Och nu ligger julhelgen framför oss. Jag tänkte att vi skulle kunna höja stämningen här i huset för att glädja er mor. Jag förstår att Hans Majestät kungen var tvungen att stanna hemma.

Ja ser man på. Den fege kungen, tänkte han.

— Ja, det är vi mycket tacksamma för, sa prinsarna, nästan i mun på varandra, och såg överrumplade ut över det samtida svaret.

Wilhelm tackade för inbjudan, medan kronprinsen hälsade från sin far som också tackade Munthe för inbjudan.

Efter några tuggor och kaffe därtill, samlade kronprinsen sig vänd mot Munthe:

— Men doktorn, hur sjuk är mor?

— Ja, man kan nog säga att det blir inte så länge till. Slutet närmar sig. Kanske någon månad eller två.

164

Men det kan vi aldrig veta. Bara Gud vet, sa han utan att han tänkt efter.

Axel Munthe hade en diffus relation till Gud allt sedan barndomen. Han visste naturligtvis att alla i kungafamiljen, inte bara kungen och drottningen, prinsar och prinsessor oavsett ålder, var påtvingade kristen tro eftersom det var förutsättningen för monarkins legitimitet. "Att vara eller icke vara" i kristendomens tecken där "vara" nu betydde att existera som monarki.

Medan prinsarna talade med Munthe stod Ebbe en bit från bordet med ryggen mot väggen, beredd att rycka in om någon bad om hjälp. Det blev gärna lite påfyllningar av kaffe och te allt eftersom. När som helst kanske gästerna önskade sig något som inte fanns på bordet. Och mycket riktigt. Plötsligt vinkade Wilhelm Ebbe till sig:

– Bengtsson! Kan jag få en skvätt Jubileums Akvavit i mitt te?

Prins Wilhelm älskade Jubileums Akvavit och förstod nog att spritförrådet i huset var välfyllt. Han förstod att det inte hade varit några gäster på flera månader. Han som knappt hade ätit färdigt, ville nu spetsa sitt te. Var det så för att han behövde hjälp med att dämpa nervositeten, tänkte Ebbe. Han hade ju efter hand som han suttit vid bordet och tuggat långsamt, sett mer och mer nervös och spänd ut. Dessutom hamnade han utanför konversationen mellan kronprinsen och doktor Munthe, eftersom kronprinsen hade många frågor om drottningens tillstånd och var den som förde prinsarnas talan. *Är det fyllt av krav att möta sin mor? Svåra tankar hos prinsarna*, tänkte Ebbe.

– Javisst, prinsen. Jag hämtar. Kommer snart.

Ebbe hade tidigare noterat att sönerna många gånger visat nervositet och rädsla för sin stränga mor.

– Här Ers höghet.

Ebbe hällde en skvätt i prinsens te och Wilhelm satte tekoppen till munnen och lät skjölja runt innan han svalde.

När de var på väg att avsluta sin måltid, reste Munthe sig från bordet och vände sig till Ebbe.

– Bengtsson! Gå nu upp till drottningen och fråga om hon kan ta emot sina söner, tack!

Ebbe var beredd och agerade direkt. Lämnade sällskapet och tog sig snabbt upp för trappan, knackade på dörren och stegade försiktigt in till Victoria och ställde sig vid sängen. Han lutade sig en bit över sängkanten, vänd mot Victoria och sa, så lugnt och fint han kunde:

– Hennes Höghet. Doktorn undrar om drottningen är beredd att ta emot sina söner. De har precis avslutat sin måltid.

– Nej… jo. Men det får bli en i taget, Bengtsson. Be Wilhelm komma först. Bara han. Inte kronprinsen. När han kommer så får ni lämna rummet, sa hon något strängt till sköterskorna och manande blickar.

Ebbe gav sig tyst iväg ner till gästerna i matsalen och vände sig mot prinsarna:

– Er mor ser gärna att ni kommer en i taget. Hon vill att prins Wilhelm kommer först, sa Ebbe.

I samma stund vände han sig till Wilhelm som svarade med ett svagt hummande och nästan osynlig nick och blick.

Prinsen la besticken ifrån sig. Reste sig långsamt och sköt in stolen. Men han gick inte direkt till trappan som ledde till korridoren på andra våningen. Han gick i stället mot köket där han stannade till hos en köksa och bad om ännu en skvätt Jubileums.

Hon var snabb. Hällde upp ett glas och sa:

– Varsågod Ers Höghet.

– Hon log mot honom och väntade lite. Tittade på honom tills han tömt glaset och tog vänligt emot det när han sträckte fram det till henne.

Ebbe kände på sig att den labile prinsen var mycket berörd när han nu skulle möta sin sjuka mor. De hade ju inte setts på länge. Steg för steg tog han sats och gav sig långsamt upp för den knarrande trappan. Med ett fast grepp om det svarta smidesräcket, hasade han sig upp. När han nådde andra våningen fick han huka sig, eftersom takhöjden där trappan slutade var en aning lägre.

Väl uppe i korridoren letade han efter den första dörren till höger. Ebbe hade noga påpekat vilken dörr som ledde till Victorias rum. Nu stod han där, den spenslige prinsen, lite hukande och osäker i sin fina kostym framför dörren till rummet där hans mor låg dödssjuk. Han gjorde sig beredd att knacka, men tvekade några sekunder. Lyfte handen mot dörren, men drog den snabbt tillbaka. Till slut tog han mod till sig och knackade försiktigt. Ellen öppnade och mötte honom i dörren med ett vänligt leende:

– Välkommen in Ers Höghet, sa hon och log en aning, samtidigt som hon lämnade och stängde dörren försiktigt efter sig.

– Aj! Hörde Wilhelm sin mor när han närmade sig.

Det var ganska mörkt, men han kunde skymta henne där hon låg med håret utslaget över kuddarna.

– Mor! Älskade mor, fick han fram, samtidigt som han förde sina händer i en slags omfamnande gest mot henne, men de nådde inte fram.

Han hade uppenbart svårt för att kröka sin långa kropp. Och fortsatte:

– Kära mor! Äntligen!

Wilhelm föll i tårar och täckte sitt ansikte med händerna, samtidigt som han satte sig på stolen vid sängen och avvaktade. Tog fram en näsduk och torkade tårarna.

– Wilhelm! Att du äntligen är här! Gud vad jag har längtat efter dig! Hur har du det, min son?

– Tack mor! Jag har det ganska bra. Försöker bara hinna med allt som ska göras.

Victoria sträckte sina händer mot honom så gott hon kunde, men de nådde inte ända fram. Han fick hjälpa henne att fånga upp dem och höll dem i sina. Sen la han försiktigt ner dem på täcket och tittade på henne. Oj, vad smal och mager, slog det honom. Ja, han blev mycket förvånad. Hans mor hade verkligen förändrats. Nu låg hon där som en spenslig häxa med håret vilt utslaget över axlarna som delvis täcktes av hennes magra, skrynkliga ansikte. Oj vad hon ser sjuk ut, tänkte han. Stackars mor.

– Wilhelm min käre älskade Wilhelm! Att du äntligen är här! Jag kan inte fatta det. Äntligen!

– Ja mor. Nu är jag här. Jag har längtat så, sa han med eftertryck och försökte möta hennes blick. Vad kan jag göra? Jag ser att mor inte mår bra.

– Ingenting min son. Jag är sjuk och kommer så att förbli under lång tid framöver. Bara Gud vet hur länge jag får leva.

Victoria var uppenbart på väg att överlämna sig i Guds händer. Men egentligen vilade hennes öde i sin livläkares händer.

> – Käre Wilhelm! Hur är det med Lennart? Vad gör han? Hur går det för honom i skolan? Blir han snart officer?

> – Jo tack, mor. Det går bra för honom. Han tycks klara skolan fint och trivs med sina vänner och han älskar att få rida så mycket han hinner. Han blir snart nog en välutbildad och duktig officer.

> – Oh ja, vad bra det låter! Jag har saknat Lennart alla dessa år som vi varit från varandra, sa Victoria sakta och övertygande, när hon tänkte tillbaka på den tiden när Lennart var barn och hon hade tagit hand om honom efter att hans mor hade lämnat honom och for tillbaka till Ryssland.

Victoria pratade allt mer långsamt och rösten avtog medan Wilhelm bara satt där och tittade på henne. Helt tyst.

> – Min käre Wilhelm. Jag orkar inte längre. Nu måste jag vila. Det var fint att du kom min son. Tack! Knacka på dörren till vänster i hallen och säg åt sköterskorna att komma hit. Jag måste få hjälp att lägga mig tillrätta.

Victoria ville inte berätta att hon var kissnödig och behövde få hjälp. Hon var mycket pryd och ville absolut inte visa sig svag. Inte ens i detta utsatta läge som hon nu befann sig i.

> – Men mor, sa Wilhelm plötsligt och höjde armen för att stoppa sig själv. Kronprinsen vill också träffa mor. Vad ska jag säga till honom?

– Inte nu! Han får vänta. Hälsa honom det. Jag orkar inte mer nu.

Wilhelm lämnade sin mor och på väg ner till de andra bad han Ellen och Vendela ta plats hos henne. Väl nere i stora matsalen mötte han doktor Munthe.

– Nå prinsen, hur var det, frågade Munthe. Kan hon ta emot kronprinsen nu?

– Nej, hm …, hon vill vänta med hans besök. Hon orkar inte mer. Inte just nu i alla fall.

– Ja, det kan jag gott förstå. Hon blir lätt helt slut. Inte minst nu när ni är här. Hon måste nog vila först.

– Då får jag väl vänta, sa kronprinsen, medan han satte glasögonen på plats och såg sig runt lite.

Uppenbart en aning otålig och missbelåten.

Kronprinsen började bli rastlös och synade bordet för att se om det fanns något mer att äta och dricka. Tog ett äpple som han började tugga förstrött på med en otillfredsställd min och var nog också lite spänd inför mötet med sin mor, särskilt nu när hennes sjukdom hade förvärrats. Därför blev det lite löst funderande på vad han skulle säga när han inte fick besöka henne förrän hon hade vilat. Deras tidigare konflikter dök plötsligt upp i huvudet på honom. Det skapade både osäkerhet och rädsla. Han var inte särskilt road av att han nu befann sig i ett hus där hans mor bodde med sin älskare sedan flera månader tillbaka. Han hade förstått hur det låg till.

När kronprinsen tidigare frågat sin far varför herr Haijby hade börjat dyka upp sent om kvällen, hade han fått veta att Haijby drev en restaurang och ansökte om pilsnertillstånd.

Men det borde väl inte dra ut på tiden och bli en långkörare, hade kronprinsen tänkt, precis som Ebbe.

– Hur har ni det annars här i huset, sa kronprinsen mitt i sina funderingar och vände sig till Munthe.

– Jodå, vi har det från och till ganska ansträngt och besvärligt. Drottningens sjukdom kräver oss alla på olika sätt. Vi gör allt vad vi kan för att ta hand om henne och möta hennes behov så gott vi kan.

– Det låter bra, sa kronprinsen.

Han trummade lite med fingrarna på bordet och såg fundersam ut, uppenbart allt mer rastlös och på något sätt ovanligt bortkommen.

Han ansågs ju vara en beslutsam och handlingskraftig man och var väl medveten om att det var han som skulle efterträda sin far en gång. Han hade ju vikarierat som statschef otaliga gånger när hans far var på jakt eller befann sig utomlands.

Ebbe mötte kronprinsens oroliga blick när han såg sig runt bordet. Ebbe hade ibland svårt att tolka kronprinsen och nästan lika svårt att förstå hur doktor Munthe tänkte och kände när han mötte prinsarna. Det låg ett märkligt drag i det där ögat hos den oberäknelige doktorn. Det fanns en mystisk aura runt honom som Ebbe aldrig lyckats tränga in i, eller ens förstå sig på.

Tystnaden lade sig som en sordin runt bordet där Wilhelm satt kvar, lutad över sin kopp. Då och då böjde han sig ner och smuttade på teet. Det syntes att han var tagen av besöket hos sin mor, men sa inget. Bara iakttog de som pratade med en sockerbit lätt klämd mellan tänderna och höll hårt i tekoppen.

Där satt de. Två prinsar och en livläkare under tystnad. Alla fyllda av sina egna tankar och känslor, medan Ebbe stod en bit från bordet med ryggen mot väggen och betraktade dem. Han var propert klädd i livré och blankputsade skor, beredd att rycka in om någon bad om något. Medan kronprinsen pratade med doktor Munthe, tänkte Ebbe med sorg i hjärtat på Mia i Stockholm. Hennes sjukdom oroade honom, men det kändes tryggt att veta, att lillebror Assar var där och hjälpte till och stöttade Mia på alla sätt. Men mitt i dessa funderingar tillät han sig att njuta av tanken på att han skulle bli pappa nästa sommar. Det kändes förstås mycket avlägset så här i den julpyntade stora staden.

Ebbe närmade sig Wilhelm:

- Lite mer Jubileums i sitt te, dristade sig Ebbe till, när han ställde sig intill prinsen med flaskan i handen.
- Ja tack, Bengtsson. Det är kanske precis vad jag behöver just nu, sa han, och bugade sig artigt medan Ebbe fyllde på.
- Tack Bengtsson, hjärtligt tack, sa Wilhelm och höll båda händerna som klistrade runt den stora tekoppen, i fall att.

Det såg ut som han ännu en gång lät teet skölja runt i munnen och fick sockerbiten att smälta innan han svalde. Han ville tydligen smaka av och verkligen känna den smakrika alkoholen. Ebbe såg att han inte mådde bra men visste att han mådde mycket bättre och blev på bättre humör när han fick lite sprit i sig. Prins Wilhelm var sjöofficer och hade hunnit med många spritfester mellan de fejkade sjöslagen långt ute på havet. Svenska sjöbefäl hade länge haft dåligt rykte kring den kraftiga spritkonsumtionen som ofta förekom. Men nu var det allvar. Ingen vardaglig krigsövning eller fest till sjöss. De kungliga behövde ju inte var sin egen motbok för att ransonera spriten. Prinsen kunde dra med sig hur många flaskor som helst på sina långa seglatser och bjuda sina officersvänner långt ute på havet mellan krigsövningarna. Sprit och vin av alla de sorter skickades omedelbart till både Kungliga slottet och till prins Wilhelm på Stenhammar så fort beställningarna lämnats in. Alla vuxna i landet skulle ha en personlig motbok för att kunna köpa sprit. Det var ett sätt att begränsa fylleriet på sina håll i landet. Men alla vuxna i kungafamiljen var undantagna från kravet på motbok. Det ansågs självklart att det skulle vara fria leveranser utan begränsning till de kungliga slotten. När leverantören ibland ifrågasatte mängden av vin och sprit och inte minst extremt dyra champagnesorter i större mängder, motiverade hovet med att kungafamiljen ganska ofta hade utländska gäster på besök, och då var det bara det mest exklusiva som gällde.

Villa Svezia präglades allt mer av den förestående döden som alla, var och en på sitt sätt, förberedde sig på. En konstig oro började sprida sig i rummet och tystnaden drog in i rummet, men det passade inte Munthe:

    — Jag går upp och pratar med drottningen, sa Munthe bestämt och lämnade bordet.

Oj, vad händer? Doktorn verkade stressad. Alla noterade och Ebbe reagerade, tittade på dem runt bordet.

Det var uppenbart så att Munthe ville bestämma i huset. Den sofistikerade maktkampen mellan doktorn och kronprinsen blottades allt emellanåt.

Prinsarna kastade ett öga efter Munthe när han försvann upp för trappan med tunga steg. Den snabbfotade Munthes tid var förbi. Han hade långt tidigare plågats av tuberkulos som, förutom att han fick opererat bort sitt ena öga, som ersattes med ett emaljöga, hade drabbat honom på olika sätt. Nu var han verkligen trött i hela kroppan. Ebbe hade lagt märke till hur han börjat förfalla. Axel stegade in till Victoria där Vendela och Ellen satt vid hennes säng:

- Min kära Victoria. Hoppas att du kan ta emot kronprinsen. Han har väntat.
- Ja, nej …ja, …låt honom komma upp då, Axel, men jag är trött. Bara en liten stund.

Munthe var strax tillbaka:

- Nu, Ers Höghet kronprinsen, kan drottningen ta emot honom. Men var försiktig. Tänk på att hon är mycket sjuk.
- Tack doktorn.

Kronprinsen knäppte sin kavaj, lämnade rummet och tog sikte på trappan. Med bestämda steg tog han sig upp för de knarrande trappstegen och knackade på dörren. Vendela öppnade och lämnade rummet tillsammans med Ellen i samma stund som han steg in. Han blev stum. Fick inte fram ett ljud. *Är det min mor?* Han kände inte igen henne, men samlade sig:

- Goddag mor!
- Goddag min son, svarade hon.

Tystnad …

– Goddag mor, sa han igen lite tankspritt, utan en tanke på att han nyss hade sagt det samma, och fortsatte:

– Hur mår mor?

Victoria vred på sig och tog sats:

– Ingen bra fråga min son, svarade Victoria ganska bestämt med en bister ton.

Hon sökte honom med blicken och fortsatte:

– Jag är sjuk! Har han inte förstått det?

– Jodå, förlåt mor! Ja, jag vet ju. Mumlade han.

Tystnad …

– Hur är det med fru Olsson, förlåt, jag menar hans hustru Louise, slank det plötsligt ur hennes mun.

– Tack, det är bra. Hon hälsar och önskar mor en god jul, hon också.

– He, he, en god jul till en sjuk svärmor som dessutom är drottning … men tack i alla fall! Vet hon inte att jag är sjuk, raljerade Victoria.

Victoria hade bestämt sig för att kalla kronprinsens hustru fru Olsson redan första gången de träffades. Louise av Mountbatten var inte kunglig nog för att accepteras av Victoria som blivande drottning efter henne själv. Men kronprinsen hade vant sig. Han lät sin mor hållas och fortsatte med ännu en fråga, utan att reflektera över hur frågan kunde landa:

– Min dotter Ingrid var nyligen här för att önska mor en god jul, men blev inte insläppt.

– Jo vars. Bengtsson släppte in henne, men jag hade förfärligt ont och var alldeles för trött för att ta emot henne, svarade Victoria.

- Ingrid var mycket besviken över att inte få komma
  in och önska sin farmor en god jul. Det var den
  enda möjligheten för henne att träffa mor, innan
  hon for hem för att fira jul.
- Min son! INGEN ska tro att någon kan komma till
  mitt hus utan att ha bokat tid. Det gäller även mina
  barnbarn! Vem som helst av dem. Därmed basta!
  Jag är sjuk! Har han inte förstått det?

Kronprinsen insåg att han provocerat sin mor. Men han var indignerad över att hans dotter inte fick önska sin farmor en god jul när hon väl var här. Det kunde väl mor ha bjudit på, tänkte han. Och kanske till och med glatt sig åt, trots sin svåra situation, nu när slutet närmade sig. Han började skruva på sig där han satt hos henne vid sidan av sängen. Det såg ut som han ville säga något och tog sats. Kunde inte låta bli att upprepa sitt missnöje:

- Mor! Om min dotter kommer till sin farmor och
  vill önska henne en god jul, så kunde hon väl få göra
  det. Eller hur? Hon blev mycket besviken för att
  mor inte tog emot henne! Vi vet ju att mor är sjuk,
  men hon kunde väl trots det få komma in och
  önska sin farmor en god jul med en blomma, när
  hon väl tagit sig hit.

Victoria började skruva på sig medan adrenalinet rann till, för nu skrek hon så gott hon kunde, samtidigt som hon hytte med ena handen:

- KOM INTE HIT OCH BESTÄM HUR SAKER
  OCH TING SKA VARA! HÄR BESTÄMMER
  JAG, INGEN ANNAN!

"Pansardrottningen" ilsknade till och tappade fattningen. Ilskan som hon visade med sitt bombastiska och maktfullkomliga utfall ekade mellan väggarna. Kronprinsen backade en bit, väl medveten om att han hade retat upp sin mor ordentligt. Victoria ville fortsätta, men orkade inte. Bara vred sig bort från honom. Hon var totalt slut. Hennes rangliga kropp sjönk ihop. Kronprinsen lutade sig försiktigt över henne och tänkte säga något, men blev avbruten när dörren plötsligt slogs upp och Munthe kom ilsket inrusande:

– Ers Höghet kronprinsen! Nu är det dags för honom att lämna rummet! Drottningen får inte bli så upprörd!

Kronprinsen backade mot dörren, medan han växlande betraktade sin mor och Munthe. Han såg att hon var nästan borta. Totalt utmattad, men hon öppnade ögonen och såg rakt in i ögat på Munthe med en skarp uppmaning:

– Nu Axel! Nu SKA jag ha en dos!

– Ja, ja älskade! Lugn, lugn. Det ska bli, sa han och gestikulerade med händerna, tittade på kronprinsen som nu stod vid dörren och avvaktade.

Munthe viftade med handen som en gest åt kronprinsen att lämna rummet omedelbart och tog tillfället i akt att lyssna på Victoria. Han förstod att hon ville säga något:

– Älskade Axel! Du måste rädda mig, jag vill inte dö!

– Så, så, min älskade! Jag gör så gott jag kan. Det ska nog bli bra, sa han och försökte lugna henne. Du måste bara se till att äta. Du behöver all energi du kan få i dig.

– Men Axel, hur blev det med översättningen?

Axel försökte svara och vände sig mot henne.

– Ja. Den har Bengtsson gjort klart. Vi har skickat den till Stockholm. Det glömde jag att säga.

– Men älskade Axel. Jag vill att du läser högt för mig. Jag måste få höra hur det blev. Jag orkar inte vänta längre. Tänk om jag dör innan jag har sett boken?

– Ja men kära du. Vi ser fram emot att vi finner ett tillfälle att läsa högt när den är färdig. Men det kan ta sin tid. Vi ska be Bengtsson läsa så fort förlaget färdigställt den, för nu kan jag knappt se längre.

– Aj, aj! Hjälp mig! Axel! Ge mig en dos! Nu!

– Ja ja. Ta det lugnt. Det ordnar sig. Försök nu bara slappna av, så ska jag prata med Bengtsson om han kan hjälpa oss. Jag hämtar sprutan, så får du lite lugn. Du behöver sova en stund. Kommer strax. Jag kallar in Fru Bergman och Vendela så länge.

– Oh Axel! Come soon!

Munthe struntade i att hämta sprutan. Han sökte i stället upp Ebbe på hans rum.

– Bengtsson! Jag har träffat på så många dödssjuka och svårt lidande människor. När jag insåg att de led så fruktansvärt och jag inte kunde rädda dem, övervägde jag smärtlindring som sista åtgärd. Då kunde de somna in smärtfritt och ta sin väg över bron, till andra sidan. Förstår Bengtsson? Att jag lät smärtlindring gå före livet i dess yttersta. Men alltid i samförstånd med de lidande människorna, naturligtvis. Somliga led så mycket att de bara ville dö så fort som möjligt. De stod inte ut längre, orkade inte uthärda sina fruktansvärt plågsamma smärtor. Har jag handlat fel, Bengtsson?

– Ja, hm, vet inte, vill inte vara den som dömer. Men det kan jag väl förstå hur doktorn menar. Det kan heller inte ha varit ett särskilt lätt beslut, tänker jag. Det innebär ju egentligen, på ett milt sätt förstås, att beröva någon hennes liv i förtid. Och det är ju enligt lag förbjudet, som doktorn ju vet.

– Ja, han har väl rätt i det. Men vad är alternativet när jag vet att det inte finns någon lösning på deras lidande? Jag kom ju till dem som befriaren i deras yttersta nöd.

Ebbe tittade på honom utan att säga något, men kunde inte låta bli att tänka. Omtumlande tankar medan Munthe lämnade rummet.

Axel Munthe hade märkliga sidor som Ebbe aldrig riktigt förstod sig på, men han började allt mer inse doktorns dilemma. Vad kunde Munthe göra i denna svåra situation? Hur tänkte han om slutet för Victoria? Hur såg hans plan ut? Ebbe kände obehag och var mycket brydd. Rädd för det värsta att bli inblandad i.

19

Sjukstugan Villa Svezia präglas av nervositet

Sent om kvällen några dagar senare, råkade Ebbe och Munthe på varandra i köket när alla hade lagt sig. Det stormade och åskade, regnet piskade fönster och tak och vinden ven i buskar och träd utanför huset. Villan låg ganska fritt från andra stora hus i kvarteret där alla var omgärdade av stora trädgårdar. Munthe vred sig lite på pinnstolen och vände sig sakta mot Ebbe. Han lyfte händerna en aning, som en frågande gest:

   — Bengtsson. Jag vet inte hur vi ska klara av att hålla drottningen vid liv så länge till. Hon är så dålig nu att jag inte vet hur jag ska handskas med henne, och fortfarande kan dödsångesten glimma till i hennes ögon. När jag satt hos henne i natt kom vi att prata om livet och döden. Victoria vill inte dö ensam. Hon vill ha mig med sig. Jag funderar på om det vore möjligt, med Bengtssons hjälp.

– Vad? Med min hjälp? Hur skulle det gå till? Jag vet ju inget om sådant. Jag förstår inte riktigt vad doktorn menar. Vad skulle jag kunna göra?

Ebbe slog förvirrat ut med armarna som ett stort frågetecken.

– Ja, det är ju så här Bengtsson, att jag har tillgång till allt som behövs och jag kan informera Bengtsson om hur det skulle kunna se ut. Vad Bengtsson skulle kunna göra.

Munthe iakttog Ebbe när han sa det och Ebbe upprepade frågan om vad han kunde göra, samtidigt som han tittade oförstående på doktorn där han vred sig runt på stolen.

– Ja, jag förstår att Bengtsson reagerar. Det här är ju tankar som vi inte gärna pratar högt om. Det som jag tänker är ju förbjudet område, precis det som vi pratade om häromdagen. Men vad har vi för val när någon har så ont och lider så som drottningen? Ska vi inte göra vårt yttersta för en människa där det enda som återstår i livet är lidandet? Att låta henne gå över bron utan smärta? Gör vi inte henne en tjänst då, Bengtsson?

Ebbe hummade så där lite tveksamt instämmande, medan Munthe fortsatte:

– Sedan är ju den lösningen jag menade tidigare, inte så aktuellt för mig, i alla fall inte nu, även om jag skulle önska att få vandra över bron till andra sidan i sällskap med min vördade Victoria. Jag känner mig förstås inte redo och jag har så mycket jag vill göra och måste ställa i ordning innan jag lämnar

Rom. Jag har också mycket att se till på Capri, både på San Michele och Torre di Materita. Jag hann inte ställa i ordning allt. Och jag måste ta hand om Tim och Fellow, drottningens älskade hundar. Beslutet att vi skulle flytta hit gick så fort och min personal på San Michele har fått vänta länge på mig. Därför känner jag mig inte redo att avsluta här. Men jag ville ändå höra med Bengtsson hur han såg på det hela.

Det blev en lång utläggning som Ebbe lyssnade på med förbryllat, men en aning intresserat uttryck i ansiktet. Som om han verkligen förstod vad Munthe menade.

Plötsligt hördes ett förfärligt oväsen.

Pang! Pang! Dunder och brak. Blixten slog ner i huset utan förvarning, följt av täta smällar som lyste upp de vilda, mörka molnen. Kökslampan släcktes. Det blev kolmörkt.

 — Ojoj! Det där måste vi åtgärda, sa Ebbe och reste sig snabbt och stoppade handen i fickan.

Han drog fram en tändsticka ur asken, tände ett stearinljus och gav sig iväg för att leta efter fler. När han återvände hade Munthe redan lämnat, medan mullrandet fortsatte i den mörka natten. Ebbes oro tilltog. Men han hämtade sig. Med försiktiga steg smög upp till sitt rum för att än en gång läsa breven han fått. Hans hemlängtan kände inga gränser. Men vad kunde han göra? Fullständigt uppgiven la han sig utslagen på sängen och somnade i sina bryderier. Kom sig inte för att läsa.

<h1 style="text-align:center">20</h1>

Hovbetjäntens dilemma

Det märktes att Axel Munthe började bli gammal och trött. Han hade nu mycket svårt att se och saknade uppenbart sitt bortopererade öga. Drottning Victoria var nu sextiosju och hennes sjukdom förvärrades dag för dag. Hon förstod vid det här laget att hennes vistelse i sin älskade storstad som hon själv hade valt, skulle bli hennes sista. Det insåg Munthe naturligtvis, men hade svårt att bestämma sig för hur han skulle få till ett rimligt och anständigt slut, helst med etiska och moraliska förtecken. Var han doktorn som inte hade den allmänt accepterade och grundläggande moraliska kompass när det gällde att göra allt för att bevara liv in till det yttersta? Det fanns vissa som menade att han i sin yrkesutövning hade utvecklat sina egna moralregler och etiska koder beträffande liv och död. Hans goda rykte var mycket omtalat, men en del var ifrågasatt. Särskilt hans näst intill paranoida intresse för kvinnor. Han var närmast besatt av dem, särskilt de amerikanska damerna som hade rest långväga för att genomgå hans terapi.

Ibland förekom misstanken hos vissa män, att Munthe nästan kunde göra vad han ville med de sövda fruarna. Han var ju utomordentligt duktig på att söva sina patienter och försätta dem i nästintill sömntillstånd med hjälp av sin välutvecklade hypnoterapi. Det fanns förstås också både morfin och eter i hans behandlingsrum ...

Victorias huvud nästan försvann i kuddarna. Stora mjuka, vita kuddar där hennes långa stripiga hår spreds hej vilt över dem som ålgräs på havets botten när hon var genomsvettig eller som stormfälld skog när hon låg där helt uttorkad. Som vore det i vissa stunder en sovande, spenslig och mager häxa med ovårdat hår. Hon hade också på ett dramatiskt sätt minskat i vikt de senaste veckorna, trots att sköterskorna gjorde allt för att få i henne mat. Munthe var ofta på dem och förmanade:

> — Ni måste se till att drottningen äter! Hon måste få mat i sig! Hon behöver all energi för att motverka sin sjukdom. Hör ni det!
>
> — Ja naturligtvis. Vi gör vårt bästa, svarade Vendela och Ellen, nästan i mun på varandra och såg en aning indignerade ut.

Ellen och Vendela tittade bestämt på doktorn med ett tydligt uttryck i ögonen: Kom inte hit och kritisera oss! Vi gör vårt bästa! De var inte mottagliga för kritik när de menade att de gjorde allt de förmådde på alla tänkbara sätt.

Victorias säng var noga utvald och anpassad för att underlätta sköterskornas arbete. Den jättestora sängen i urgammal sliten ek tog upp en stor del av rummet där kanterna stack ut, särskilt hörnen. De tunga gardinerna täckte alla fönster. Vid en kort vägg stod en gammal vit moraklocka med grön botten och mjukt formade kanter i guld. Den hade forslats hit från Dalarna, men var nu täckt av ett stycke tyg upptill över urtavlan och ljudet var avstängt. Victoria ville inte längre varken se eller höra hur tiden tickade. Det var nästan alltid dödstyst i hennes rum medan sköterskorna smög på tå.

Ebbe arbetade från morgon till kväll, sju dagar i veckan för att se till att alla textilier och saker togs om hand och att personalen gjorde sitt jobb. Alla bord, stora såväl som små, skulle vara pyntade varje dag med färska fräscha blommor i alla dess färger och prydligt satta i vaser på vackert vävda vita linnedukar. Inget fick fallera när det nu närmade sig jul. Ebbe måste också besöka Victoria flera gånger om dagen för att sitta hos henne och prata en stund, eller bara vara tyst och hålla henne i handen. Då var hon lugn, låg i sängen tyst och stilla, och nästan somnade ibland. Plötsligt slöt Victoria ögonen och hade somnat.

Ellen tog plats vid sängen och tittade vänligt på Ebbe, som reste sig från stolen.

    — God natt Bengtsson.

    — God natt själv, syster Ellen.

Ellen uppskattade verkligen hans närvaro. Ebbe tyckte mycket om henne för hon var så mild och rar i tonen och talade alltid så vänligt till honom. Båda kände att de hade en ömsesidig respekt för varandra. Tänk om vi någon gång kunde sitta ner och prata om våra liv, tänkte Ebbe ibland när de tittade så kärvänligt på varandra. Att träffas bara vi två, som han allt mer hade börjat fundera på, men här fanns aldrig en möjlighet. Alla i huset visste hela tiden var alla befann sig. Att träffas i hemlighet kändes heller inte så lockande för Ebbe. Det var egentligen helt uteslutet. Alltid någon som skulle undra eller misstolka och föra vidare. Ebbe var väl medveten om vad allt skvaller på slottet i Stockholm kunde leda till, men han kände att han behövde någon nära att prata med. Att dela med sig i förtroende. Det var mycket han tvingades bära själv. Han hade stort behov av att lätta på sitt inre tryck. Önskade att det fanns någon nära att prata med. I hans ögon var Ellen tryggheten själv. Hon var så lugn och sansad. Brevväxlingen med Mia räckte inte till som det var nu, kände han. Det blev allt för sällan som de kunde mötas i sina brev och det gick inte att brevledes berätta om allt som hände i livet på olika håll.

Tillvaron i Rom hade nu blivit allt för komplicerat för Ebbe. När det var som värst, satte han sig ner och skrev brev till Assar. Ebbe tänkte ofta på honom och undrade hur han egentligen hade det, när han ännu en gång mer eller mindre hade tvingats fara till Stockholm för att hjälpa Mia. Det var en åtta timmars resa från Malmö med tåg. Ebbe passade också på att skriva brev till Assar:

Käre Assar!   *Rom den 12 dec 1929*
Jag förstår att du gör allt för att hjälpa Mia, både hjälper henne att baka och städa konditoriet. Du tar väl också hand om Nalle på bästa sätt, tänker jag.
Nu saknar jag Mia så fruktansvärt. Jag undrar också hur hon mår. Hur svår hennes sjukdom är och hur hon mår i sin graviditet. Undrar

hur hennes mage växer. Om det syns. Ja, det där drömmer jag om ibland. Vi behöver varandra verkligen nu, men jag kan inte resa härifrån som det ser ut nu. Jag behövs till allting, allt från att hålla drottningen i handen varje dag till att sköta allt i huset. Oron här är stor och alla är på väg att slitas ut. Doktor Munthe verkar också uppgiven. Vet inte hur han ska avsluta det hela. Ibland är han helt förvirrad och pratar om vad vi kan göra. Och jag förstår inte riktigt vad han menar. Ja käre Assar. Jag längtar bara hem. Vill i alla fall tacka dig för allt du gör för Mia och Nalle. Ser verkligen fram emot att du kan fara hem till våra föräldrar och syskon och börja spela igen med Carl-Eric. Han saknar säkert dig något oerhört. Likaså mor och far. De längtar nog också efter dig.

Och så vill jag passa på att gratulera dig på din 20-års dag, fast det blev i efterskott. Hoppas att allt blir bra. Att ni kan fira lite.
Kram min käre lillebror!
Ebbe

Ellen och Vendela hade börjat skoja om Ebbe när de var ensamma på sitt rum. Han hade hört dem viska och fnittra lite från och till när de i förbigående nämnt hans namn och de inte trodde att han hörde. Ibland var det som att Ellen och Vendela låtsades vara kära i honom på skoj, och fnittrade så genant att Ebbe lade märke till det. Sköterskorna visste ju att han var nygift. Deras gemensamma skratt och fnitter förde dem samman. Det var bra. Det skapade närhet mellan dem. De befann sig ju i samma situation, långt hemifrån, så de tog alla chanser att skoja och skämta lite när tillfälle gavs. Fru Bergman undvek förstås att skoja och fantisera om Ebbe. Hon var mycket äldre och dessutom gift och var den som ofta fick ta nattvaket. Därför hade hon eget rum och fick sova mycket på dagarna. Hon hade krävt eget rum när Victoria propsat på att få henne med hit.

De tre sköterskorna hade sitt veckomöte i köket varje onsdag på eftermiddagen. Eftersom de talade svenska var det ingen annan i köket som förstod vad de pratade om. Då fick Ebbe och Munthe turas om att sitta hos Victoria. Fru Bergman hade precis lämnat mötet medan Ellen och Vendela satt kvar. De fortsatte att prata ut om sina frustrationer:

– Ja, nu är det verkligen besvärligt, sa Ellen. Tur att vi har Ebbe. Med honom kan vi ju prata med om allt. Han verkar så lugn och fin. Jag skulle så gärna vilja krama honom.

– Ja du Ellen. Ibland blir jag så sugen på att ta hand om den stackaren. Han som är nygift och inte har träffat sin hustru på länge. Undrar om det är lönt att flirta med honom? Försöka få med honom på noterna och känna honom på pulsen, om du förstår vad jag menar. Får jag paxa vårt rum ett par timmar en kväll? Vad säger du om det, Ellen?

De fnittrade till. Ellen lite mer generat än Vendela. För Vendela var det uppenbart mer allvar, men hon visste inte vad Ellen tänkte och kände. Vendela frågade aldrig. Bara pratade på och Ellen var smidig och fann sig i det.

Prins Wilhelm hade noterat och hört vad som utspelat sig på andra våningen när kronprinsen var hos deras mor, men valde att hålla tyst. Han hade respekt för sin storebror. Vågade inte riskera en felaktig eller provocerande kommentar som lätt hade kunnat slinka ur honom om han inte hade tänkt sig för. Kronprinsen drog sig mot matrummet där han slog sig ner i en stor fåtölj i hörnet så han kunde se Wilhelm i motsatta hörnet. Han slängde sitt ena ben över det andra, tittade sig runt och såg fundersam ut. Tog sig för hakan och undrade: Vad ska det bli av det här? Tänkte han nästan så det hördes, medan Wilhelm iakttog honom.

21

Glöggen ryker nere i köket. Skål!

Axel Munthe vände sig allt mer till Ebbe i all förtrolighet, uppenbart för att ha någon att bolla sina tankar med och kanske finna stöd för det han nu börjat fundera på. Hur det skulle kunna gestalta sig. Hur han skulle hantera Victorias lidande. Tankarna plågade honom. Ja, vad kunde han göra? Ibland verkade han helt förvirrad. Han söket upp Ebbe på hans rum:

— Bengtsson, sa Munthe plötsligt. Det ser verkligen inte bra ut. Nu har drottningen det riktigt besvärligt. Har Bengtsson märkt av det? Att hon har blivit sämre de senaste dagarna.

— Ja sådär, svarade Ebbe, med viss tveksamhet i rösten.

Ebbe började ana det värsta. Visserligen kände han Munthe ganska väl, men när han nu allt mer vände sig till Ebbe och talade om drottningens tillstånd, blev han riktigt förbryllad. Han hade ju inte några medicinska kunskaper att tala om. Men han såg ju att det närmade sig slutet.

> – Jo, jag har märkt det, fortsatte Ebbe, men jag har också lagt märke till att drottningen piggnade till när jag frågade henne om hon önskade att jag skulle spela något för henne eller sjunga. Jag tog några toner på pianot och spelade lite försiktigt, men då reagerade hon direkt:
>
> – Spela inte så starkt, Bengtsson!

Sedan sjöng jag, så svagt jag kunde och då nynnade hon med för sig själv. Det glimmade till i hennes ögon.

> – Det låter bra Bengtsson. Musiken är vår största tillgång i livet, sprungen ur livets begynnelse i moderlivet där vi ofärdiga och tyngdlösa flyter omkring, omgivna av innanhavets varma, salta vatten.

Munthe slog ut med händerna, nästan i takt med hans utläggning och fortsatte:

> – Efter några månader i moderlivet kan vi höra moderns pulserande hjärtslag ackompanjerat av alla andra pulserande ljud från hennes innanmäte dygnet runt. Ja till och med vårt eget hjärtas dubbla puls som dunkar in i huvudet genom våra öron medn vi suger på tummen. I moderlivet lever pulsen i ständig förändring från den ena stunden till de andra, det som senare utgör grunden för vårt behov av musik, vad det än må vara. Bara pulsen finns där. Musiken som vi skapar när vi väl lämnat moderlivet, bygger på en bestämd rytm och puls. Ingen puls – ingen musik. Därför älskar barn att slå

på trummor eller vad som helst för att skapa rytm och puls. Och tänk Bengtsson, att barn rör sig så fort dom hör musik. Är det icke förunderligt?

Det där förstod Ebbe redan, då hans föräldrahem ibland flödade av musik, särskilt på lördagkvällen och söndagarna. Pappa Anders och alla fem barnen kunde spela något instrument medan mor Christina stod för sången. Hon hade varit barnflicka hos famljen Julius och Amanda Röntgen i Amsterdam fram tills det tragiska hände att Amanda dog.

Munthe fortsatte sin långa utläggning. Nu var han inne på sitt favoritämne som gällde musikens grundläggande betydelse för människan:

— Några månader innan vi föds är vår hörsel så långt utvecklad att vi hör att vi blivit till. Ja Bengtsson, att vi är en ny människa. Jag finns! Den livslånga inre pulsen stannar inte förrän vi tar vårt sista andetag. Därför kan döden vara så igenkänd och vacker, som snäckorna på havets botten, där vårt ursprung uppstod en gång i tiden. Dit jag vill återvända.

Oj då, tänkte Ebbe, som något överrumplad fyllde i:

— Det känns alltid så fint att få spela och sjunga för drottningen och spela tillsammans med henne förstås, som vi gjort förr. Jag har verkligen förstått att musiken alltid betytt så mycket för henne. Precis som den gör för mig, och även för doktorn?

Munthe svarade inte. Han hade bestämt sig för att gå vidare. Här fanns inget utrymme för att han skulle besvara frågor om honom själv. Det var inte hans grej. Så han fortsatte:

–   Hur är det själv, Bengtsson? Hur är det med hans
    hustru, inflikade Munthe plötsligt, precis när Ebbe
    var på väg att lämna.
–   Ja men tack, det är inte så bra. Det känns svårt.

Ebbe berättade om Mias sjuklighet och hans frustrerade
känsla av ensamhet, när han nu inte fanns hos henne. Han
undvek förstås att berätta att han skulle bli pappa. Han
orkade inte och det fanns inget utrymme för det nu, så som
det såg ut i huset. Han lade också märke till att Munthe var
någon helt annan stans i sina tankar.

–   Oj då vad tråkigt. Hoppas att hon har en bra läkare.
    Var vänlig och hälsa från mig och önska henne om
    en god bättring, sa Munthe.

*Hoppsan! Där fanns tydligen en strimma kvar om Mia i hans
huvud,* tänkte Ebbe, något överraskad.

–   Ja tack, vi får hoppas på det. Jag ska nog försöka se
    till att hon snart ska komma till ett vilohem och få
    omvårdnad där och chans att vila upp sig.

I samma stund som Ebbe uttalade dessa ord, kunde han
inte låta bli att tänka på att han inte hade någon möjlighet
att lämna Victoria förrän hon var död. Det anade Munthe
förstås, och såg fundersam ut när han sneglade på Ebbe.

Axel Munthes tankar om musikens ursprung kom så
överraskande för Ebbe, att han förträngde det där om
lungsot. Han hade ju själv många gånger funderat över
varför musik gör underverk för själen, som det uppenbart
hade gjort för Victoria och alla i hans egen familj. Att de
ständigt pulserande ljuden och hjärtslagen i livmodern
kunde vara så livsbetingande och nära livet, som Munthe

menade, var en stor överraskning för honom. Ebbe hade ju fått höra från barnsben att livet började först vid födseln, att det nyfödda barnet var en "tabula rasa". Att alla människor föddes som ett tomt blad. Så var det tydligen inte.

Tankarna snurrade i Ebbes huvud. Han längtade hem till Stockholm och sin älskade Mia. Ja även till sina föräldrar och syskon i Malmö. Han saknade dem alla. Och Nalle förstås, som Assar nu så välvilligt tog hand om och gick till torget i Solna med varje dag för att se om flaggan var hissad på halv stång. För då skulle han förstå.

Allt kändes så långt borta. Ebbe fylldes av saknad och kände sig fruktansvärt ensam. Hade ingen att prata med om sina många frågor och ständiga tvivel.

Plötsligt hörde Ebbe rop från köket. Det var kronprinsen som ropade rakt ut i luften så alla skulle höra:

— Hallå alla i huset! Nu får vi ha lite vinglögg och skapa julstämning! Låt oss samlas och fira att julen är här. Varsågoda och välkomna!

Kronprinsen hade uppenbart tröttnat på tristessen och den mörka stämningen. Han ville ta kommandot och visa vem som förde befälet. Han fann sig inte i att Munthe var den som bestämde och härskade i huset. Doktorn var ju anställd av kungafamiljen och skulle hålla sig till det och bara sköta sitt jobb som drottningens läkare, inget annat, menade han. Fast han sa det inte högt. Men Ebbe förstod.

— Nu är det snart jul och vi måste fira julen på något sätt, så som vi alltid har gjort på Drottningholm, fortsatte han.

Kronprinsen försökte se munter ut, eller i alla fall så gott han kunde. Han gav ju annars ett intryck av att vara den sofistikerade, välutbildade kronprinsen som gjorde allt för att förbereda sig för sin kommande roll som Sveriges kung.

Munthe hade ännu inte dykt upp, men anslöt sig senare och höll sig i bakgrunden och lät kronprinsen hållas. Han kände på sig att kronprinsen ville ta kommandot. Det där med vinglögg frestade förstås. Munthe blev sugen.

Med snabba steg gick kronprinsen till hallen där han ställt en väska som han tagit med sig hemifrån. Han drog fram två flaskor äkta svensk starkvinglögg och gick till det stora matrummet och bjöd in alla.

— Här! Varsågoda! Kom hit och låt oss värma på!

Fortsatte han, vänd mot Ebbe:

— Bengtsson! Ordna så vi kan få russin och mandlar i glöggen medan jag värmer den. Den får absolut inte koka.

Kronprinsen var alltid rädd att någon skulle värma på för mycket så att alkoholen lättade som en dimma. Därför gick han till köket och ställde sig vid spisen och höll i kastrullens handtag för att kunna reglera temperaturen så glöggen inte började ryka. Järnringarna på spisen kunde bli rejält varma när de eldade på.

Ebbe visste att kungafamiljen alltid drack vinglögg om jularna, särskilt dagarna före och ända fram till julafton. Det var någon slags uppladdning inför allt annat drickande och festande på själva juldagarna. Då flödade champagnen, men av den varan fanns det ju gott om här i Rom. Den exklusiva drycken behövde inte prinsarna dra med sig från Stockholm.

Vinglöggen såg ut att höja stämningen. Det tog bara en kvart, så hade en köksa fixat mandlar och russin och ställt fram små koppar till glöggen med mandel och nötter av alla de slag, samt fikon, dadlar och svenska pepparkakor som prinsarna tagit med sig. Alla som var där tog plats kring det stora bordet. Det lättsamma julfirandet hade börjat infinna sig. Till och med Munthe såg nu betydligt mildare ut än tidigare. Han försökte uppenbart slappna av.

    – Skål! Ropade kronprinsen, höjde sitt glas och tittade runt bordet för att se så att alla var med.

Det blev snabbt en uppsluppen stämning. Alla runt bordet började se gladare ut och började prata med varandra. Den låga stämningen som under ett par månader hade präglat huset, förvandlades nu till feststämning. Alla deltog och började till och med prata och skratta lite försiktigt med varandra. Till och med Munthe började prata och skoja med Emile efter ett par koppar glögg. Munthe var svag för det där med vinglögg och pratade gärna med Emile som uppenbart gillade. Ebbe deltog också och kände att alla behövde det här avbrottet. Synd bara att fru Bergman och Vendela inte kunde delta. Båda behövdes vid drottningens sida denna sena kväll, dan före dan, där drottningen kämpade för sitt liv. Fint i alla fall att Ellen kunde vara med, tänkte Ebbe. Hon såg ut att koppla av. Deras blickar möttes flera gånger under kvällen. Hennes intensiva blickar påverkade Ebbe. De värmde. Undrar vad hon tänkte? Efter att Ebbe glad i hågen hade pratat med henne en stund och var tvungen att lämna för att göra annat, tog Emile Ebbes plats intill henne och de började prata och skratta. Ebbe noterade hur roligt de hade. Han visste ju att skratta tillsammans var något av det finaste vi människor kunde göra. Det gemensamma skrattet förenade. Han hade växt upp med det. Nu ville han också sitta med Ellen, vara henne nära, prata och skratta med henne men han fick en märklig känsla i kroppen när han tittade på Emile. Det var första gången han kände att en man var i vägen. Han ville ju sitta där ensam och prata och skratta med Ellen. Var det tack vare Ellen som han över huvud taget uthärdade? Han hade uppenbart börjat bli osäker och drogs till Ellen. Var fanns Mia i detta?

Dagen före julafton tog Ebbe sig en stund att skriva brev till Assar med hälsningar till familjen i Malmö. Han skrev om allt möjligt som hänt de senaste dagarna och avslutade med orden:

Nej, nu måste jag till prinspojkarna. Adjö med er.
Gott Nytt År tillönskas er alla från Ebbe
Vänd!
Glöggen ryker nere i köket
Skål!

Ebbe hade skrivit med blyerts över hela baksidan.

Det blå frimärket, 1,25 lire, var stämplat

ROMA FERROVIA
24 * XII
1929

22

Rom januari 1930

Julafton och juldagen var avklarade med mycket god mat men inga julklappar. Ebbe hade lyckats få dit en liten julgran några dagar innan och hade satt några små stearinljus i den och dessutom en hel del lite kraftigare ljus i stakarna på bordet. Nu var alla ljusen utbrända. Personalen drog sig tillbaka till sitt och gjorde sig färdiga att lämna huset, alla utom Emile. Han skulle jobba på natten för att få varmt i hela huset innan han fick lämna.

Annandag jul hade prinsarna lämnat Villa Svezia, medan övriga försökte vila och bara ta det lugnt. Några läste tidningar medan andra läste böcker och någon tog en promenad i allén längs Tibern. En avslappad stämning infann sig och Ebbe tänkte allt mer på sin älskade Mia. Hans hemlängtan tilltog för varje dag tills det efterlängtade brevet äntligen fann sin plats i hans hand. Men när han hade läst det, blev han riktigt nedslagen. Vad kunde han göra?

Älskade Ebbe!   Solna den 5/1 1930

Tack för brevet du skrev till Assar på julafton och tack för den fina julklappen Gösta Berlings Saga. En underbar bok!

När jag läser boken, glömmer jag bort mig själv en stund, men orkar inte läsa mer än några minuter i taget och nu har jag bara några sidor kvar. Jag förstår att du hade bett Assar att köpa boken till mig och vi hade en så fin jul tillsammans med mina föräldrar. Vi lyssnade på radio och sjöng några julsånger och sedan bytte vi julklappar. Vi hade köpt en till oss var och det kändes bra. Alla var glada för det och de var inte så dyra. Det har ju blivit svårare tider nu. Det märks på alla sätt. Folk handlar allt mindre och vi har färre gäster i konditoriet så jag höll stängt på själva juldagarna. Men jag saknar dig så, och tänker på dig nästan hela tiden.

Nu undrar jag bara hur jag ska göra med konditoriet. Måste nog stänga snart. Orkar inte baka så mycket längre och jag sover mycket sämre. Nätterna börjar bli riktigt svåra och det har blivit mycket kallt nu. Jag har allt mer ont och hostar upp mycket slem varje natt. Magen både växer och krånglar. Det känns svårt nu när du inte finns här. Assar mår nog inte heller så bra. Hans hemlängtan tilltar, så jag tror att jag måste hjälpa honom iväg härifrån. Annars får jag dåligt samvete. Får se, om jag kan få hjälp av någon annan om han lämnar oss. Hans stora tröst är Nalle som han älskar och leker mycket med. Jag tror att Nalle också längtar efter dig. Du hann ju lära känna honom innan du for iväg och ni kom så bra överens. Det gläder mig mitt i min saknad. Ibland har jag så ont i ryggen att jag snart måste söka hjälp. Jag behöver något smärtstillande när det är som värst. Så jag kontaktar snart en doktor.

Oh, älskade Ebbe! Jag behöver dig! Nu är vi på väg att bli tre, tänker jag. Märker det också på min mage som börjar bli allt rundare. Jag

*smeker den varje morron och kväll och ibland mitt på dagen och tänker
på dig. Då känns det så bra. Kom hem så fort du kan, älskade!*
   Mia

Varje påminnelse hemifrån påverkade Ebbe. Breven från
hans nära tog hårt, samtidigt som han gladdes åt dem. Att i
alla fall få chans att följa med vad som hände, både hemma
i Solna och i Malmö, kändes bra. Men saknaden var enorm.
Efter julhelgen och nyårshelgen tappade Ebbe den nära
kontakten med Victoria eftersom hon sov allt mer efter
stora morfindoser. Munthe var hos henne en hel del, natt
efter natt och ibland långa stunder på dagarna. De ville
uppenbart vara ensamma med varandra så mycket de bara
orkade. Ellen och Vendela gav sig då och då ut på stan och
var borta några timmar. Men när bara Vendela dök upp efter
de båda sköterskornas promenad, började Ebbe misstänka
att Ellen träffade Emile i smyg. Hon såg alltid så glad och
nöjd ut när hon var tillbaka. Hennes ansikte och ögon lyste
allt mer och Ebbe kunde se det på hennes kropp, hur hon
rörde sig på ett nytt sätt, fylld av eufori. Det var kanske en
överdrift av Ebbe, eftersom han med tiden hade blivit allt
mer förtjust i henne. Ellen var den enda i huset som han
vågade prata med om sina funderingar och sin stora
hemlängtan. Hon var en fin ung och älskvärd kvinna som
på något sätt påminde honom om Mia. Varje dag och natt
försjönk han i hemlängtan och fantasier. Ellen och Mia
snurrade runt i hans drömmar, natt efter natt. Han drömde
många overkliga drömmar och vaknade ofta i dem helt
oförstående, ibland skräckslagen när den ena eller andra
plötsligt hade dött i en fruktansvärd olycka eller annat

elände. Ibland var det en återkommande mardröm där stormen kastade ut honom från ett sjunkande skepp och flöt iland på en öde ö, som vore han Robinson Crusoe, den första boken han hade läst som liten. Han välkomnade varje brev hemifrån. Då blev livet på riktigt. Han var en människa med allt vad som där tillhör. Fullständigt beroende av sina nära och kära.

Vår käre Ebbe!   *Malmö 17/1 1930*

Din mor och jag vill båda gratulera dig på din födelsedag.

Julius, Elisabeth och Wahlfrid vill också gratulera. De hälsar till dig. Alla tackar för det fina brevet med dina julhälsningar till oss alla. Det var verkligen roligt!

Hur ska ni fira din födelsedag? Blir det med drottningen och Munthe? Blir det kalas? Vet hon om att du snart fyller år?

Hoppas du hör av Assar också, att han skriver till dig och gratulerar, men han är väl fullt upptagen med att hjälpa Mia och passa Nalle. Assar och du har varit långt borta så länge nu. Jag märker att er mor lider i det tysta i sin saknad av er. Hennes ständiga nynnande på melodier när hon rör sig omkring i huset har tystnat. Det verkar som om hon efter hand som ni varit borta, gått in i sig själv och dragit tystnaden med sig. Hon sjunger inte så mycket nu och har heller inte rört pianot på flera månader. Jag har försökt att prata med henne, men hon vill inte eller orkar inte. Det kan jag i och för sig förstå. Hon arbetar nu så sent på kvällar och nätter att hon bara vill vila när hon väl vaknar senare på dagen.

Vi hoppas i alla fall att du har det bra där du är, Ebbe.

Här i Malmö är det mycket kallt. Mellan minus tio och femton grader, så vi får göra allt vi kan för att hitta ved att elda med. Julle och Walle hjälpte oss i går. De gav sig iväg till Pildammsparken med en rullebör

*och plockade ved i sjökanten som var snötäckt. De hittade en hel del,
men den fick torka några dagar inomhus innan vi kunde elda med
den. Ja, det är en ständig kamp mot kylan. Vi fryser ofta om nätterna
och jag vaknar ibland och måste fylla på i spisen. Vi skulle önska att
vi hade råd att köpa torr ved, men den är ju så dyr. Ja, allting har
blivit dyrare här sedan i höstas.*

*Undrar hur kallt ni har det i Rom. Det har vi ingen aning om. Du
kan väl någon gång när du är ledig, ta dig tid till att skriva brev. Det
skulle verkligen glädja oss. Det hade säkert gjort att din mor skulle
må bättre. Nu har vi också hört av Assar att du och Mia väntar barn
till sommaren. Vi hoppas verkligen att det ska gå bra. Att Mia mår
bra och att du snart kommer hem.*

Hälsar din mor och far!

Ebbe fick svåra skuldkänslor. Han tog sig nästan aldrig tid
att skriva, men han hade i alla fall passat på att skriva på
självaste julafton. Han var i ständig rörelse och hade mycket
att stå i, men tankarna upptog honm ständigt. Vad kunde
han göra? Skulle han säga upp sig och åka hem, tänkte han
allt mer när han våndades som värst. De små stunderna i
nära samtal med Ellen var nu det som gav honom positiv
energi och tålamod att stanna kvar.

En bit in på det nya året blev Victoria ännu sämre. Hon
drogs med svåra hostattacker och kunde snart varken sitta
eller ligga och svettades mycket. Hon var tvungen att röra
sin kropp, vände och vred på sig stup i ett för att uthärda
smärtorna. Ebbe led med henne. Men vad kunde han göra?
Victoria var mycket noggrann med att Munthe skulle
befinna sig i hennes ständiga närhet. Då kunde hon för en

stund känna visst lugn mellan de svåra och krävande hostattackerna. Timmarna och dagarna gick och livet i den stora villan blev allt mer pressat och spänt för personalen som nöttes och tröttades. En del var på väg att slitas ut. Ebbe fick göra sitt bästa för att hålla ihop folket i huset och Munthe började också uppträda allt mer förvirrat och var ofta irriterad. Det skrämde Ebbe. Vad som helst kunde hända. Men efter brevet i dag, skingrades hans tankar.

23

Rom i början av april

De tre första månaderna in på 1930 hade passerat. Det var nu onsdagen den andre april och våren visade sin vackraste skepnad. Solen lyste över villan. Buskar och växter stod i full blom, men Axel Munthe var mycket sliten. Han fick nästan aldrig vila och vara för sig själv, samtidigt som Victoria blev mycket sämre. Hon krävde allt mer av hans närvaro. Hennes hemska hostattacker som kunde höras i hela huset, stressade alla. Ingen var oberörd. Sköterskorna tvingades avlösa Munthe när han måste göra annat, läsa eller bara sova en stund. Och äta förstås och ta en promenad för att försöka samla sig. Eller bara dra sig undan på sitt rum för att få vara ifred och vila. Det märktes att han var näst intill slut.

Mycket trötta och mer eller mindre utpumpade var också sköterskorna och gav de doser smärtstillande som Munthe ordinerade, men det blev ofta efter Victorias egen önskan. Munthe tyckte nu att Victoria krävde allt för höga morfindoser. Därför bad han sköterskorna att hålla igång samtal med henne så gott hon orkade, för att minimera morfinet. Hon var allt för svag för att samtala långa stunder, men ville gärna prata med dem som skötte om henne. Hon tyckte egentligen om alla tre sköterskorna, men fru Bergman var hennes favorit. Victorias hjärta hade också börjat krångla, och Munthe visste inte vad han skulle göra åt det. Han trodde att hon hade börjat få hjärtflimmer, men var inte säker. Fick inte trycka stetoskopet mot hennes bröst. Ebbe hörde någon knacka på dörren när han nästan somnat.

     –   Varsågod! Stig in, sa han så högt att det skulle höras utanför.

Han öppnade och Munthe steg in och satte sig på en stol intill Ebbes säng där han låg utsträckt. Det tog en stund innan Munthe hade samlat sig. Han vred och skruvade på sig, men fick till sist fram orden:

     –   Bengtsson. Jag är så brydd nu, att jag inte kan sova. Victoria är så trött och borta, att hon nästan inte orkar prata. Och ändå vill hon att jag ska sitta vid sängen och prata med henne och smeka hennes arm. Jag orkar inte längre! Vad ska jag göra? Vad ska jag säga till henne, Bengtsson?

     –   Hm. Vet faktiskt inte.

     –   Hon får så mycket morfin nu att det är på gränsen för henne att gå över bron. Det där som vi pratat om tidigare.

Ebbe visste inte vad han skulle säga. Han förblev tyst och låtsades som om han sov. Det märkte Munthe och tittade på honom.

     –   Bengtsson. Vi måste lösa det i morgon. Men låt oss försöka sova nu. Godnatt Bengtsson. Sov gott.

– Godnatt, doktorn.

Av någon anledning som Ebbe inte kunde förklara, sa han inte sov gott tillbaka. Det kändes konstigt tyckte han, men det hade känts ännu konstigare att säga sov gott när han visste att doktorn hade svårt att somna när han stod inför ett så fruktansvärt svårt beslut. Ebbe bara anade.

Eftersom Victorias hälsa hade försämrats betydligt, bad Munthe Ebbe att kalla hit kungen och prins Wilhelm för några dagar sedan och meddela dem hur allvarligt det började bli för drottningen. Munthe hade talat med henne om det, att kalla hit kungen, men hon ville inte att han eller kronprinsen skulle komma, bara prins Wilhelm. Trots det beslöt Munthe sig för att låta Bengtsson kalla hit Gustaf också. Det var viktigt att åtminstone hennes make skulle vara närvarande när det hände, tänkte han. Munthe hade uppenbart nu en plan för hur det hela skulle avslutas. Han var beredd på Victorias kritik för att han mer eller mindre tvingat hit kungen, men den kritiken slapp han, eftersom han inte berättade för Victoria. Han fick ta det senare med henne. Men det blev aldrig av.

Efter ett par dagar befann sig både prins Wilhelm och hans far i huset för att övervaka läget. Kungen hade motvilligt beslutat sig för att komma, men bestämt sig efter Munthes påtryckningar. För en gångs skull kände han sin plikt att trotsa sin hustrus vilja, eftersom hon nu var döende. Han förstod på doktor Munthe att det var riktigt allvarligt.

Munthes beslut att kalla hit kungen och prins Wilhelm, kom trots allt något överrumplande för Ebbe. Det väckte starka oroskänslor hos honom. Han märkte att Munthe hade tappat kontrollen och bli fruktansvärt irriterad. Han kunde när som helst slänga ur sig nästan vad som helst till vem som helst. Han skällde på alla som han mötte, var helst det råkade bli. Alla var i vägen för honom och det märktes nu att passagerna i huset var trånga. Om det låg något i vägen för honom som han snubblade över, blev han ursinnig. Inget fick störa honom.

Plötsligt hörde Ebbe att Axel kom farande ner för trappan, rakt emot Ebbes lilla kontor där han hade lämnat dörren öppen där han satt vid skrivmaskinen. Ebbe blev något överrumplad när den upphetsade doktorn rusade in till honom och skällde:

> – Bengtsson! Säg till de där värdelösa sköterskorna att de inte får väcka mig mitt i natten! Jag behöver också sova! Och de får absolut inte tappa något i korridoren som jag kan snubbla på! I natt höll jag stå på huvudet när jag ramlade över en sko som inte skulle vara där. Säg för fan till dem att låsa in allt löst! Inget får ligga kvar på golvet, och absolut inte i korridoren där vi sover!
> – Javisst, doktorn. Jag ska meddela dem, sa Ebbe, något skakad över det aggressiva infallet.
> – Bengtsson ska inte bara meddela dem, han ska säga rakt ut till dem att de får fan inte väcka mig heller! Inte ens om drottningen skulle sluta andas! Jag orkar inte längre och absolut inga skor eller andra saker på golvet! Jag måste se upp, kan inte bara titta ner nu för att se var jag går när jag knappt ser något längre!

Munthe var totalt ur balans. Han uppträdde som ett åskmoln var helst han befann sig i huset och alla försökte undvika honom av risk för att utsättas för hans ilska och bli utskälld. Ebbe blev både spänd och nervös. Men mest rädd för honom. Munthe hade ju alltid haft en vänlig ton till Ebbe, men nu tog hans ilska över. Axel hade på kort tid förändrats till den hetlevrade livläkaren som svor över att han såg så dåligt och inte fick sova. Ebbe visste att Munthe på senare tid hade haft grava sömnstörningar. Munthe var också dödligt trött på Victorias tjat om "come soon" varje gång han lämnade henne. Han varken orkade eller ville sitta hur många timmar som helst vid hennes sida och hålla henne i handen, och framför allt inte på nätterna. Ebbe hade också lagt märke till att Munthe sent om kvällen smög ner i köket och värmde på vinglögg strax innan han skulle gå och lägga sig. Han kunde även ge sig iväg för glöggen mitt i natten. Doften av vinglögg spred sig ända upp till Ebbes sovrum där han ofta låg sömnlös och tänkte på Mia. Men vinglögg, så här mitt under blomstrande vår? Det kändes inte rätt på nåt sätt, tänkte Ebbe. Vad har hänt? Det visade sig att den törstige doktorn hade hittat flaskan som blev över i julas, när prinsarna var där. Den åtråvärda flaskan hade Ebbe gömt i ett skåp i köket där han trodde att ingen skulle leta. Han hade glömt Axel Munthes fallenhet för svensk äkta vinglögg. Hade han tänkt på det hade han nog gömt flaskan under sin egen säng.

24

Kung Gustaf V i Rom

Det var sen eftermiddag den 4 april 1930. Våren visade sin vackraste sida. Kung Gustaf V och prins Wilhelm hade anlänt till Villa Svezia någon dag tidigare, medan kronprinsen var kvar i Sverige som tillförordnad statschef. Det passade honom. Han undvek gärna sin mors sista dagar i livet. Orkade inte med fler konflikter. Det var viktigare för honom att sköta sitt uppdrag som statschef. Kronprinsen hade bra insikt om sin mor som under mer än trettio år hade fjärmat sig från make och barn, ja dessutom hela svenska folket. Hon hade i långa perioder levt med en annan man än hans far. Ja, vem vet vad som rörde sig i hans huvud? Kände han sig sviken av sin mor? Anklagade han henne för äktenskapsbrott? Kände han till sin fars hemliga möten med Kurt Haijby, han som nu hade börjat dyka upp i all skymundan med kragen högt uppdragen mot hatten, varje gång han smög in på slottet. Alltid på kvällen. Varför Haijby inte fick det där pilsnertillståndet, var nog inte så lätt för kronprinsen att förstå. Han vågade kanske inte spekulera.

Kronprinsen, som också hette Gustaf och stod näst i tur att bli Sveriges kung efter sin far, var verkligen en korrekt och bildad man på många sätt. Kanske var det därför han stördes av tanken på sin mors intima förhållande till sin läkare och hans fars lagvidriga snedsteg som han misstänkte, men gjorde allt för att tränga bort. Han anade nog det värsta. Alla i huset gick på knäna efter den senaste tidens hårda slit. Victoria kände på sig att slutet var nära, men hur det skulle se ut, kunde hon nog inte ens i sin vildaste fantasi föreställa sig. Eller kände hon på sig vad som komma skulle? Axel var ju så översvallande snäll och omtänksam igår när han påminde henne om att boken snart skulle komma ut på Albert Bonniers Förlag. Det hade hon förstås glömt.

Frukosten var framdukad på det stora bordet i matrummet. Kungen och Wilhelm hade tagit plats med doktor Munthe vid bordsändan, medan Ebbe och kökspersonalen rörde sig runt dem och serverade. De församlade sa inte särskilt mycket till varandra förrän Munthe efter en stund öppnade munnen. Det var uppenbart att han ville ha kontroll över situationen. Han visade tydligt sin position som drottningens livläkare och var den som ännu en gång tog kommandot i huset:

— Eders Högheter! Drottningen har blivit mycket sämre. Hon har troligen inte många dagar kvar. Personalen här gör sitt yttersta för henne, men alla börjar vi bli slitna, sa han i en tydlig, nästan mästrande ton.

— Hur dålig är mor, frågade Wilhelm, som ömmade varmt för sin älskade mor.

Han verkade vara den vekaste av dem inför hennes förestående död, medan hans far bara såg besvärad ut och inte visste vart han skulle vända sig.

    – Drottningens puls har minskat betydligt och nu blivit mycket ojämn.

Upplyste Munthe och fortsatte:

    – Hon hostar upp allt mer slem. Häromdagen fick vi skölja ur hennes hals för att hon inte skulle kvävas. Det där skötte fru Bergman om på ett mycket bra sätt. Drottningen blev lugn och somnade direkt efteråt, helt utmattad.

Sällan berömde Munthe översköterskan, men den här gången gjorde han det. De två hade inte ett särskilt gott förhållande bakom sig, men drottningen hade propsat på, ja helt enkelt krävt att få ha henne med sig till sjuksängen i staden som hon valt att få dö i. Fru Bergman var en mycket kompetent sjuksköterska. Det var hon mycket väl medveten om. Därför vågade hon ställa högre krav på lön och utlandstraktamente än hon föreslagits. Victoria och hennes make hade godkänt och fru Bergman hade fått sin vilja igenom. Victoria förstod hennes dilemma.

Kungen sa inte så mycket. Han satt mest och rörde förstrött runt i sin stora kaffekopp, samtidigt som han såg besvärad ut. Han hade uppenbart tröttnat på att bara vara i huset och vänta som han nu hade gjort ett par dagar. Det märktes att han börjat bli rastlös. Han roade sig hellre på stan när han var i Rom och tog gärna långa promenader i den vackra staden. Det visste alla. Särskilt som han kunde röra sig fritt utan att bli igenkänd. På stan mötte han sällan någon som såg att det var den svenske kungen som kom vandrande i kritstrecksrandig kostym med sin höga runda hatt och käppen med silverbeslag i sin hand. Kanske var det just det som han njöt av, när han var här? Att kunna gå på stan i sin fina kostym och vara anonym, som en man vilken som helst, ingen särskild. Det gick ju inte för sig någonstans hemma i Sverige. Där skulle alla känna igen honom. Här kunde han när som helst stanna till vid en bar eller ett café och ta sig ett glas, tända en Chesterfield och bolma på. Han var ju en inbiten kedjerökare och konsumerade många cigarretter varje dag medan han drack sin champagne. Även lite till vardags, ja lite när som helst. Det visste Ebbe som hade jobbat nära honom, först som hans kammartjänare och nu som hans hovlakej. Men kungen fick absolut inte röka här i huset. Det hade hans maka bestämt förbjudit. Hennes lungsot klarade inte längre av rök, särskilt inte cigarrettrök. Dessutom var hon trött och utled på sin makes ständiga bolmande. Det var en bidragande orsak till att hon inte trivdes på Kungliga slottet från allra första början då hon tvingades att leva nära Gustaf alla de åren som han var kronprins.

Stämningen var tryckt runt bordet när Munthe än en gång tog till orda. Han vände sig mot kungen och höjde rösten:

> — Ers Majestät kan nu ge sig ut på stan. Vi kallar in honom om det skulle bli sämre. Meddela bara vart han tar vägen.
> — Jamen doktorn. Då gör jag väl så, muttrade kungen medan han långsamt reste sig.

Han hade precis avslutat sin frukost. Det passade bra för honom att ta en promenad och ett bloss, precis som han brukade göra efter maten. Han var nu inne på sitt sjuttioandra år och vilade ibland efter sina måltider, men med hans sjuka maka i samma hus, blev han så rastlös att han hade svårt att komma till ro. Det var uppenbart mer lockande att ge sig ut på stan. Munthe visste ju att hennes make inte var välkommen hit. Victoria ville absolut inte ha kungen nära sig i det usla skick som hon nu befann sig i. Ända fram till slutet ville hon vara den starkare. Men hon fick snart ge upp, skulle det visa sig, fast inte frivilligt. Sista familjestriden i den svenska kungafamiljen var uppenbart på väg att nå vägs ände. Men på vilket sätt?

Ebbe registrerade varje ord de sa och försökte tolka och förstå spelet mellan livläkaren och kungen. De hade uppenbart en knepig relation. När kungen hade lämnat huset, dök Munthe plötsligt upp och gick med bestämda steg fram till prins Wilhelm som fortfarande hängde över sin tekopp. Med en auktoritär, nästan mästrande ton, sa han:

>   — Prinsen kan hälsa på sin mor nu. Passa på att ta ett sista farväl. Men var försiktig. Ta det lugnt. Oroa henne inte!

>   — Ja doktorn. Jag gör så.

Wilhelm reste sig långsamt från bordet och sköt försiktigt in stolen efter sig, uppenbart tagen av doktorns ord. Men i stället för att gå till sin mor, gick han direkt till sitt gästrum, med händerna tryckta mot ansiktet. Förmodligen föll kärlekens tårar i dem. Wilhelm var en mycket känslosam person som älskade sin mor. Ebbe la märke till att han inte vågade ta sig upp och besöka sin sjuka mor förrän först dagen därpå. Men då skulle det visa sig att det var för sent.

Munthe var totalt slut efter en krävande natt med Victoria. Hon hade stönat av smärta och utmattning de senaste timmarna. Axel orkade inte längre se henne lida. Nu måste det ske. Men det var inte lätt. De hade ju haft, om inte ett helt, så i alla fall ett halvt liv tillsammans. Trots att de stundtals hade befunnit sig på skilda håll i världen, hade de sett till att ha ständig kontakt med varandra brevledes och ibland med hjälp av telefon och telegrafering.

Munthe hade uppenbart gett upp. Men det var inte så enkelt, så han sökte upp Ebbe. När Munthe stängt dörren bakom sig, tittade han allvarligt på Ebbe, samtidigt som han närmade sig och tog ett steg fram och vände sig till honom. Med allvarlig blick i ögat och övertygande röst, talade han långsamt till Ebbe:

— Bengtsson. Nu får det vara slut. Jag står inte ut med att se henne lida längre. Jag orkar inte mer. Nu måste vi besinna oss och tänka efter vad som är bäst för drottningen.

— Ja, det är förfärligt, men hur menar doktorn? Vad kan han göra för henne?

— Jag funderar på att lindra smärtan och få slut på hennes lidande. Nu är alla här och så ska det ju vara. Bengtsson ska veta det. När vi är gamla och dödströtta och dessutom dödsjuka, vill vi bara somna in och slippa smärtan och svåra tankar. Vårt tillstånd som djupt sovande ligger nära döden. Skiljelinjen mellan sömn hos en gammal och mycket sjuk människa och hennes sista andetag är hårfin. I det läget har vi möjlighet att förkorta lidandet och lotsa henne över på andra sidan, utan smärta. Det finns en osynlig bro till andra sidan, Bengtsson. En bro vi alla ska över. Det som vi talat om tidigare.

— Så? Hur då, menar doktorn?

— Jo, Bengtsson. Det kan vi inte tala så högt om. Det måste stanna oss emellan. Nu får vi i alla fall en stunds vila. Jag gav henne en lite större dos än vanligt när jag lämnade henne för en stund sedan, men hon sover nog inte så länge på den. Bara ett par timmar. När hon vaknar är det samma elände. Hon var totalt slut efter alla hostattacker i natt. Fick ingen ro alls, trots att jag höll hennes hand och smekte den i flera timmar.

— Vad mer kan doktorn göra?

— Ja, vad säger Bengtsson?

— Jag, e ... vet inte. Jag vågar nog inte säga så mycket om det, men visst har hon det fruktansvärt svårt. Det är hemskt att se henne lida så. Det känns inte alls bra.

— Vad säger Bengtsson, om... om hon fick sista dosen morfin?

Samtidigt som han sa det, tittade han på Ebbe så där lite illmarigt i sin annars allvarsamma, stränga blick. Han sökte uppenbart stöd hos Ebbe. Men Ebbe tystnade, vågade inte svara. Munthe fortsatte:

— Jag ser det som det enda alternativet. Det finns ingen återvändo. Jag kan inte göra mer för henne. Hon kommer aldrig tillbaka till ett liv värt att leva. Hennes dagar är räknade, Bengtsson. Nu handlar det om att befria henne från sina smärtor och låta henne somna in så lugnt och smärtfritt som det bara går. När vi inte kan hjälpa en människa tillbaka till livet när hon är så nära döden, kan vi åtminstone hjälpa henne att dö smärtfritt. Ge henne den där sista djupsömnen, så hon kan vandra vidare till andra sidan. Drottningen ska inte behöva lida in i det sista. Hon måste befrias från sina smärtor och tillåtas må bra ända in i slutet.

— Ja ja, det är ju doktorn som avgör. Men om doktorn tar det beslutet nu, så vill jag inte vara här. Då vill jag lämna huset, sa Ebbe.

— Nåväl, Bengtsson. Det låter bra. Men skulle inte Bengtsson också se fram emot att snart komma hem och träffa sin hustru som dessutom är på det viset? Och nu dessutom är så sjuk.

— Jo, naturligtvis, men…min plikt är att tjäna drottningen. Jag har skrivit till min hustru och sagt att jag gör allt för att komma hem i maj, en månad innan vårt barn ska födas, och det känns …

Munthe avbröt och kontrade snabbt:

— Så länge kan jag inte hålla henne vid liv, Bengtsson. Hon kommer att lämna jordelivet långt innan dess, oavsett vad jag gör. Men jag vill att Bengtsson ska veta. Och det är bara Bengtsson jag talar med om detta. Ingen annan. Jag har förstått att Bengtsson håller av drottningen och önskar hennes bästa, men nu håller det inte längre. Vi måste agera. Hennes hälsa är så pass usel att det inte finns någon väg tillbaka. Jag kan inte göra mer.

– Jaha ja, jag pratar inte med någon, sa Ebbe. Ganska bestämt. Det kan jag lova, men det känns både märkligt och hemskt på något sätt, men jag tror nog jag förstår vad doktorn menar.

– Det måste han förstå! INGEN ANNAN FÅR VETA! ABSOLUT INTE FÖRE MIN DÖD! Lova det Bengtsson! Observera INTE FÖRE MIN DÖD. Det handlar om att befria henne från sitt lidande. Jag ska komma till henne som hennes befriare. Befriaren ska äntligen komma till drottningen i hennes yttersta lidande och nöd!

– Ja, jag förstår, doktorn. Jag pratar inte med någon.

– Är Bengtsson beredd i dag, i kväll? Kan han tänka sig att ta farväl av drottningen på sitt sätt utan att hon förstår? Utan att någon annan förstår?

– Jag får väl göra mitt bästa. Ska i alla fall försöka. Men det känns svårt.

– Klarar Bengtsson det? I eftermiddag?

– Det behöver jag tänka på.

– Han måste! Finns ingen betänketid!

– Jamen, det får jag väl göra då. Jag lämnar huset direkt efter jag tagit farväl av drottningen, och ska fundera på hur jag gör, om hon vaknar upp.

Hos Ebbe steg oron. Han började andas häftigt och blev knäsvag. Skakade i hela kroppen och tittade på Munthe.

– Bra Bengtsson! Vi har gjort vårt bästa. Bengtsson har varit en redig man. Drottningen har verkligen uppskattat Bengtsson under lång tid, och han har skänkt henne många fina stunder med hans sång och musik, har hon sagt mig.

Munthes ord gjorde att Ebbe kände sig lugnare och kunde slappna av, så han inte skakade så mycket. Han ville visa sin uppmärksamhet åt Munthe och tittade därför på honom som om han lyssnade mycket lyhört, medan Munthe fortsatte:

– Drottningen har till och med låtit mig veta, att hon är mycket tacksam för att Bengtsson tog så väl hand om hennes barnbarn, arvprins Edmund när Bengtsson kom till hovet. Drottningen liknade till och med Bengtsson vid hennes yngste son Erik som hon älskade in i det sista, men sorgligt nog dog allt för tidigt. Så dök Bengtsson upp strax efter hans död. Ibland talade hon om Bengtsson som han vore hennes förlorade son som hon fick tillbaka i ny skepnad, men med en ny, sydligare dialekt förstås, som hon tyckte mycket om. Har hon sagt mig.

– Oj doktorn. Är det verkligen så, eller?

– Ja, så är det! Men håll sig då borta till sena kvällen, Bengtsson. Gå gärna på bio och skingra tankarna och kom hem så sent som möjligt. Berätta för personalen och de kungliga att han går på bio i kväll, så är det inga problem. Och inte ett ord om något annat! Inte ett ord till någon före min död! Förstår Bengtsson det?

– Ja, doktorn. Jag lovar.

Ebbe lade märke till att Munthe ännu en gång betonade "före min död". Vad kan han ha menat med det? Får jag berätta efter hans död? Och vad betyder det i så fall? Vågar jag berätta för Assar?

Munthe fortsatte:

    — Det händer i kväll, men tar ett par dagar att reda ut. Jag kommer att balsamera henne så snart jag kan. Det är mitt löfte, precis som Bengtsson vet. Ingen annan får göra det. I morgon kan vi vila och se fram emot lugnare tider. Efter vår tid här i Rom kommer vi snart att ses igen i Stockholm.

Munthe stod kvar en stund och tittade på Ebbe, så där som om han verkligen hade förstått. Ebbe satt kvar i sängen och såg fundersam ut medan Munthe lämnade rummet utan ett ord. Ebbe var verkligen brydd. Vad rörde sig i Munthes huvud? Skulle hans plan fungera?

25

Det dubbla tragiska slutet

När Ebbe en stund senare kom in i den långa korridoren hörde han Victorias förtvivlade hostattacker. Han försökte samla sig för att möta henne en sista gång, men vände plötsligt och gick tillbaka till sitt rum för att försöka ta in vad Munthe hade sagt. Det var hans kropp som tog beslutet att vända tillbaka. Hans inre hade tagit över. Nervositeten och rädslan spred sig i honom. Han började darra, gick ner till köket och drack ett glas iskallt vatten. Försökte ännu en gång samla sig och hitta det mod han just nu saknade. Ebbe rös till vid tanken på att det var sista gången han skulle se drottningen vid liv. Men det värsta, som spädde på hans oro, var att det var bara han och doktor Munthe som visste vad som skulle ske. En obehaglig känsla drog genom honom och fick honom att skaka, men han förstod. Munthe hade bestämt sig, och ville uppenbart avsluta sin tjänst som livläkare efter trettiosju år. Han orkade inte längre. Det var uppenbart att han hade gett upp. Att avsluta liv var något som han hade gjort förr. Det hade Ebbe förstått efter Munthes många berättelser som Ebbe fått ta del av.

Ebbe började tänka på hur det skulle kännas att komma hem till Mia som nu hade blivit mycket sämre. Hennes sjukdom hade tydligen förvärrats. Hans hemlängtan efter Mia blev så stark, att han började känna sig bättre när han insåg att slutet närmade sig för hans långa vistelse här. Han försökte se ljuset i tunneln, samtidigt som han hörde Victorias förfärliga hostattacker som fullständigt ockuperade honom. Var det sista gången han hörde henne? Var det verkligen så? Skulle drottning Victoria dö i dag, i kväll? Vad konstigt det kändes att veta. Otäckt!

Ebbes tankar förändrades och det vände sig i hans inre. Han började tänka i andra banor. Då blev Victorias hostattacker inte så betungande. Lättnaden infann sig. Framtiden såg med en gång ljusare ut. Som om hennes hostningar lyfte med vinden, nu när slutet var nära. Märkligt vad lätt i sinnet han plötsligt kände sig, samtidigt som han greps av en malande oro. Vad kunde han göra? Vad skulle han säga om Victoria plötsligt vaknade till när han var på väg att ta farväl? Skulle han ingripa och stoppa doktorn? Var det möjligt? Vad skulle hända då? Ebbe kände hur tveksam han blev. Det vore kanske rätt att stoppa honom, men Ebbe var så rädd för Munthes reaktion, att han lämnade den tanken och försökte förstå.

Mitt i dessa funderingar fylldes Ebbe av en lyrisk känsla i kroppen när han tänkte på Mia. Plötsligt kände han sig starkare. Började andas lugnt. Öppnade ett fönster i hallen och drog in frisk luft i djupa andetag, fyllda av vårens varma dofter. Det kändes gott i kroppen. Lugnet infann sig och han bestämde sig för att gå till drottningen och ta farväl. Nu eller aldrig. Det måste göras trots att det tog emot och kändes svårt. Tankarna rusade. Som blixtrande eldflugor for de runt i huvudet på honom. Han blev varm i hela kroppen. Rörde sig långsamt mot hennes rum. Victorias ihållande hostningar hördes allt starkare efter hand som han närmade sig. Han höll ett fast grepp i dörrhandtaget, tryckte försiktigt ner det och stack in huvudet i hennes sovrum, som för att se hur läget var därinne.

Fru Bergman och Ellen satt på var sin sida av sjuksängen och höll Victoria i var sin hand. Hon låg där mellan dem som en skadeskjuten fågel. Mager och tunn med ansiktet fullt av rynkor. Hon kunde knappt röra sig. Men när Ebbe närmade sig sängen, såg han att hon försökte vända sig mot honom. Victoria hade uppenbart hört att han kom. Ebbe stelnade till. Pulsen dunkade i bröstet. Hon hade vaknat!

— Ursäkta drottningen. Får jag komma in?

— Oh ... ja ... Bengtsson ... rosslade hon fram mellan hostningarna. Jag ... måste ... kom hit Bengtsson. Håll mig i handen, sa hon så svagt att han knappt hörde, men såg att hennes hand rörde sig.

Ebbe närmade sig försiktigt. Ellen reste sig och trädde åt sidan medan fru Bergman satt kvar. Hon såg sliten ut, översköterskan. Hon hade inte fått vila de senaste dagarna och led säkert av sömnbrist. Hennes blick präglades av uppgivenhet och sorg.

När Ebbe nått fram till sängen försökte han få ögonkontakt med Victoria. Letade efter hennes ögon medan han försiktigt tog hennes hand i sin. Hennes ögon var förvirrade. Hon kisade och kunde inte fästa blicken riktigt. Hon ville uppenbart se Ebbe i ögonen och försökte leta. Virrade runt lite med huvudet på den stora, skrynkliga kudden. När hon väl fann Ebbes blick, lyste hon plötsligt upp med ett svagt, kärleksfullt leende. Hennes slappa kindmuskler stramades åt. Hon tittade på honom så gott hon förmådde med en svag blick.

— Bengtsson … kä-äre Bengtsson, rosslade hon.

Sen blev det inte mer. Kraften och orken var uppenbart slut. Ebbe log mot henne så gott han kunde, trots de omtumlande tankarna i huvudet. Han smekte henne lätt på kinden med baksidan av handen, samtidigt som han sa:

— Tack drottningen! Tack för allt! Hoppas hon får lite lugn senare i natt och kan sova. Jag ska ta en promenad genom parken och därefter gå på bio. Jag blir ganska sen i kväll.

Victoria reagerade knappt. Ebbe kände sig nu som en förrädare. En lögn av värsta slag hade slunkit ur hans mun.

Oj, vad hon var luden på kinden, tänkte han. Det kändes tydligt eftersom hon var så mager. Hennes fjun på kinden som nu hade vuxit ut rejält, påminde honom om den första kindpussen hon hade bett om den gången de träffades alldeles i början, när han hade fått tjänsten vid hovet för mer än åtta år sedan. Hon visade vid det tillfället stor vänlighet och välkomnade Ebbe, trots att han var en ny bekantskap. Det var nog tack vare henne som han fick tjänsten hos kungafamiljen, tänkte han. En innerlig värme av tacksamhet spred sig i kroppen, samtidigt som en fruktansvärd tanke grep tag i honom: Hon ska dö i dag. Snart. Inom ett par timmar. Tanken på det, att Victorias tid i livet var utmätt och bestämt, blev allt för mäktig för honom. Han försökte le vänligt tillbaka så gott han kunde. Men det var svårt. Han tittade på henne så länge han vågade, men det tog inte många sekunder förrän hans ögon tårades. Han vände bort sitt ansikte, fortfarande med en hand på hennes kind en kort sekund, tills handen följde hans kropp när han långsamt drog sig från henne. Ännu en gång hade kroppen tagit över. Han öppnade dörren och stängde den mycket försiktigt efter sig. Sekunderna innan hade han vänt sig till sköterskorna:

– Bästa ni! Jag ska gå på bio i kväll. Kommer hem sent.

Fru Bergman och Ellen nickade instämmande och log mot honom så gott de kunde. De kanske också förstod att slutet var nära. Att något uppenbart var på gång, kanske. Ebbe lämnade rummet så tyst han kunde och stängde dörren nästan ljudlöst efter sig.

– Come soon Bengtsson, hade drottningen sagt, men då var han redan utanför. Ellen hade berättat för honom dagen efter.

På skakiga ben gick Ebbe därifrån medan han hörde Victorias hostningar avta. När han väl hade hämtat penna och papper för att skriva brev till Mia, gick han direkt till hallen och klädde sig i fina försommarkläder och lämnade huset. Det var sent på eftermiddagen den 4 april, ganska ljumma vindar, men lite småmulet. För första gången passerade Ebbe genom parken och den vackra allén längs

Tibern utan att stanna till och njuta av det strömmande gröna vattnet och växtligheten som var i full blom längs floden. Han gick som i trans, medan orden tumlade runt i huvudet på honom:

ALDRIG BERÄTTA! INTE ENS EFTER MIN DÖD! Hör Bengtsson det? ALDRIG BERÄTTA FÖR NÅGON!

Var det verkligen så? Ebbe tvingades att aldrig berätta. Inte för någon. En sista order från den svenska drottningen.

Men Victoria då. Var hon redan död?

Hur långt skulle Ebbes påtvingade löfte till henne om tystnad räcka? Om Ebbe mindes rätt, krävde Victoria hans tystnad både före och efter hennes död. Inte ens hans hustru fick veta, hade hon sagt. Hur skulle han kunna hålla tyst och för alltid försegla sin mun när han kom hem till Mia? Och löftet till Munthe, som också hade krävt tystnad, men på ett annat sätt där han betonade orden före: ALDRIG FÖRE MIN DÖD! En hemlighet som Munthe aldrig hade vågat eller ens kunnat avslöja i samband med att han utförde "tjänsten", eller dådet, eftersom han förstod, att han hade blivit åtalad för mord och säkerligen blivit dömd och hamnat i fängelse trots sin roll som drottningens livläkare. Men kanske dömd på ett mildare sätt eftersom hon var döende och att han var så pass gammal.

Munthe var nog helt klar över att han hade fått skaka galler fram till sin död. Ja säkert. Att planera och medvetet ta livet av en gammal och dessutom mycket sjuk människa som egentligen vill leva, är inte tillräckligt för att undgå åtal. Inte minst om offret ansågs som fullt frisk vid tillfället och inte led av psykiska störningar eller någon form av demens. Dessutom handlade det inte om vilken människa som helst.

Kungen hade viskat i örat på Axel Munthe för en tid sedan, att när hans tjänst som drottningens livläkare upphörde och han var beredd att lämna San Michele och Capri för gott, var han välkommen som kungens gäst att bo på Kungliga slottet ända fram till sin död. Det visste alltså Munthe redan. Det var han säkert tacksam för, men inte ville riskera.

Ebbe noterade att Munthe inte krävde tystnad efter sin död. Vad kunde det betyda? Ville han att Ebbe skulle berätta efter hans död, tänkte Ebbe, som anade att det kanske var så. Men i så fall varför? Ville han att människor skulle få veta att han kom till drottning Victoria som hennes befriare i nöden? Skulle det accepteras? Var det Axel Munthes önskan att få bli någon slags föregångare till smärtlindring inför döden för gamla människor som led av svår och obotlig sjukdom? Något som han ansåg inte var särskilt utvecklat och vedertaget bland hans läkarkollegor och politiker, men inte minst bland människor i allmänhet. Ja, vem vet vad han egentligen menade och tänkte, denne märklige doktor.

När Ebbe hade gått en lång promenad mot stadens centrum fastnade han på en uteservering och beställde en enkel rätt. Han borde egentligen vara hungrig vid det här laget, men aptiten ville inte infinna sig. Det fanns ingen tillstymmelse till lust att äta. Han satt dock kvar och filosoferade en bra bit in på kvällen och kom sig inte för att skriva det där brevet till Mia som han hade tänkt. Han var mycket okoncentrerad och kände sig totalt urblåst och tom invärtes, smakade lite på maten, men lämnade rester kvar på tallriken som han annars aldrig brukade göra. Därefter promenerade han planlöst omkring i den stora staden. Den tidiga aprilkvällen blev seg och lång som efter hand övergick i mörker när gaslamporna längs gatorna började tändas. Tankarna kring Munthes påtvingade krav, om att Ebbe måste hålla tyst, blandades med hans hemlängtans dröm, drömmen som nu fanns nära. Hans tankar och blandade känslor fyllda av oro och glädje slogs mot varandra, fullständigt okontrollerat. De hade svårt att dela utrymmet i hans huvud. Ebbe var mycket brydd för Mias dåliga hälsa, och mitt i detta kom han även att tänka på Assar, som hade fått åka upp till Stockholm igen för att passa Nalle när Mia blivit allvarligt sjuk. Om några dagar kunde Ebbe tacka honom för all hjälp och säga att han kunde åka hem till Malmö. Men det skulle Assar själv förstå i morgon, när flaggan antagligen skulle hissas på halv stång på torget i Solna.

Ebbe förstod att även Assar hade byggt upp en stor hemlängtan. Han skämdes över att han hade bett Assar att än en gång fara till Stockholm för att hjälpa Mia. Det blev mycket längre än någon hade kunnat föreställa sig. Mia och Ebbe var förstås mycket tacksamma för Assars insats. Det tyckte nog föräldrarna i Malmö också, fast de längtade enormt efter honom, eftersom han var deras enda barn som fortfarande bodde hos sina föräldrar. Familjen var splittrad. När skulle de få se Assar och Ebbe igen, hade de många gånger frågat sig. De kittlande tankarna gick också till deras första, väntade barnbarn. Föräldrarna hoppades ju på det bästa, men visste inte hur sjuk Mia egentligen var. Deras tankar handlade mer om att de skulle bli farmor och farfar. Det blev en gemensam känsla som föräldrarna njöt av under tystnad, var och en på sitt håll. Ingen av dem vågade prata öppet om det. Det hörde liksom inte till, att ställa om och ta till sig en ny identitet. Barnens mor skulle snart fylla sextio och fadern sextiofem. De såg med spänning fram emot första barnbarnet. Ett försommarbarn 1930. Det lät ju fint, tänkte de, när deras varma blickar möttes utan ord.

Vad är det som händer? Halväten mat, förvirrade tankar och inget brev skrivet. Ebbe bara gick och gick utan mål, ensam i den stora staden som vimlade av människor överallt på gatorna och de välfyllda restaurangerna, där människor av alla de slag nästan slogs om platserna vid de små borden på uteserveringarna. Våren var kommen till Rom. Kvällarna blev allt varmare. En positiv förändring var kanske på gång? Ebbe kände sig en aning bättre.

Var detta Ebbes sista promenad i Rom? Han hade svårt att sortera sina tankar. I sin förvirring slank han in på första bästa biograf utan att veta vad filmen handlade om. Det blev en film som hette Cabiria. Bara krig och elände. Filmen skingrade i alla fall hans tankar, men han mindes ingenting efteråt. Allt var borta så fort han lämnat biografen. Hans tankar på annat fyllde honom. Sent om kvällen begav han sig tillbaka till Villa Svezia, alldeles tom i huvudet, men tankarna på vad som hade hänt i huset började allt mer oroa honom. Han promenerade inte särdeles fort. Han gick i nån slags långsam gånglåtstakt som vore det att träda in i kyrkan med sin brud för att gifta sig. Den bilden dök ofta upp för honom och rörde om. Bruden var hans älskade Mia. Han såg henne framför sig och undrade: Hur mycket har hennes mage vuxit? Hur såg hon ut? Hans älskade fagra fru som nu antagligen blivit riktigt rund om magen.

Munthe hade varit hos Victoria en stund och undersökt läget. Hon var nu riktigt illa däran. Hostade hela tiden, kved och gnydde och skrek till då och då av smärta. Fru Bergman och Ellen höll henne löst i var sin hand, tröstade, baddade och torkade emellanåt hennes panna när hon svettades.

När Munthe än en gång hade konstaterat drottningens utsatta läge, bestämde han sig. Nu måste det ske! Finns ingen återvändo, tänkte han och begav sig mot rummet där alla mediciner och andra medikamenter fanns. Han låste in sig och preparerade två sprutor morfin. I den första drog han en lagom dos för insomning, medan han i den andra drog in en så pass stor dos, att den kunde betraktas som dödlig ihop med den första på den korta tid som det handlade om. Munthe stoppade den senare i innerfickan och med den andra i handen begav han sig iväg till drottningens sovrum. Hon vred och vände på sig, kvidande i takt med kroppens långsamma rörelser och slutna ögon. Munthe tog henne i handen, samtidigt som han långsamt berättade, på engelska förstås, att han hade tillägnat henne sin bok på svenska som en djurens vän, särskilt hundar. Victoria hostade till och gnydde, men tycktes trots allt uppfatta vad han sa. Han räckte fram den lätt fyllda sprutan till fru Bergman och nickade åt henne att injicera. När det väl var gjort och drottningen snart slumrat till, sa han:

> — Tack, kära systrar. Ni kan lämna rummet. Jag tar plats vid drottningens sida. Ni kan komma tillbaka om en liten stund. Det är snart kväll och ni måste också tänka på att vila när ni kan. Ta några minuter ledigt. Jag kallar snart in er.

Sköterskorna lämnade rummet, uppenbart lättade över att Munthe tog plats hos Victoria. När de precis hade lämnat, mötte de Vendela i korridoren. Det passade bra. Nu kunde

234

alla tre sjuksystrarna för en gångs skull vara tillsammans och koppla av, i alla fall en liten stund. Det behövde de verkligen. Alla tre var mycket slitna. De samlades vid bordet i köket.

— Nu orkar jag snart inte längre. Jag är totalt slut, sa Vendela. Är inte ni också jättetrötta?

— Jo vars, sa Ellen.

Fru Bergman tittade på dem och fortsatte i sin mycket bestämda ton:

— Men vi måste besinna oss och göra vårt bästa. Vi kanske ska planera våra sittningar hos drottningen lite mer noggrant. Vi har ibland slitit ut oss i onödan och vi sover alldeles för lite. I alla fall gör jag det. Det är svårt att jobba så många nätter och försöka sova på dagarna när det är så mycket rörelse i huset.

— Hur ska vi göra då? Finns det något vi kan göra, undrade Vendela, medan Ellen lyssnade och tänkte högt:

— Vi kan nog inte göra så mycket. Jag tycker det ser svårt ut. Vi ska nog inte räkna med att drottningen lever så länge till. Jag vill bara att vi försöker ta det lugnt och tänka på att det kanske inte dröjer så länge tills vi kan packa våra väskor, resa hem och träffa våra familjer och vänner.

Anade Ellen att det bara återstod minuter tills det var dags att tänka på att packa sina saker inför hemresan? Kände hon på sig vad som skulle hända? Hade någon viskat och antytt i hennes öra?

Det dröjde inte många sekunder förrän Munthe drog fram den väl fyllda, dödligt preparerade sprutan ur sin innerficka.

Han tittade noga på Victoria och försökte känna hennes puls försiktigt med ett par fingrar på halsen. Den var svag. Kändes knappt. Då bestämde han sig. Tog det avgörande beslutet. Med lugna rörelser injicerade han långsamt henne i armen, samtidigt som han bad en tyst bön som handlade om att skona henne från sitt lidande. Axel Munthe brukade sällan be. Men nu berättade han, så lågmält och värdigt han kunde, att hennes befriare var kommen. Så uttryckte han sin bön.

Munthe stoppade tillbaka sprutan i kavajfickan, tittade intensivt på Victorias ansikte som blev allt mer avslappnat. I viskande ton tackade han henne för allt. Hennes tapperhet och deras tid tillsammans. Alla deras gemensamma minnen rörde om i honom. Påminde honom om allt de hade varit med om tillsammans. Men nu gällde det att handla snabbt. Hennes puls var så svag, att det var dags att kalla in sköterskorna. Han kastade en sista blick på Victoria, kanske hans sista patient. Nästa gång han såg henne skulle hon vara död. Balsameringen dagen därpå återstod. Han hade ju lovat. Att han skulle balsamera henne utan att någon annan var närvarande, var en order som Victoria ålagt honom. Hennes livläkare skulle vara den siste som såg henne. Ett beslut som gav henne ett visst inre lugn den sista tiden.

Med lätta steg lämnade Munthe rummet och kallade in fru Bergman och Ellen. Han gav sig iväg för att ropa på prins Wilhelm som satt i matsalen och bara stirrade rakt ut i tomma intet. Prinsen reste sig direkt och gick upp till sin mor medan Munthe skickade bud efter kungen. Därefter smög Munthe försiktigt iväg mot sitt rum med orden:

– Jag är strax tillbaka. Ska bara ...

Han gick direkt till toaletten och låste in sig. Där skulle ingen leta efter honom. Han ville inte närvara vid dödsögonblicket. Han visste precis hur det skulle te sig. Ville inte bevittna sitt eget brott eller gärning, men inte heller se henne dö.

När Ebbe återvände till Villa Svezia och såg att toaletten var upptagen, förstod han hur det låg till. Han fann sin plats i korridoren strax utanför Victorias sovrum. Stannade till och bara lyssnade. Det var ovanligt tyst där inne, men han hörde att de var flera i rummet. Han väntade oroligt utanför och gjorde allt för att hålla sina skakningar i schack. Var Victoria verkligen död?

Efter en stund av total tystnad, öppnade han försiktigt dörren på glänt och kikade in. Det var inte läge att knacka. Fyra var samlade runt drottning Victoria där hon låg livlös i sin säng. Hennes make Gustaf V och prins Wilhelm på den ena sidan, fru Bergman och Ellen på den andra. Allt blev magiskt tyst. Som om alla i rummet lyssnade efter den dödas andetag. Men det kom inga. Victoria hade tagit vägen över bron till andra sidan. Den osynliga. Ebbe och Ellen bytte talande blickar i den kompakta tystnaden som förstärkte allvaret i denna stund. En och annan häftig andhämtning kunde dock höras. Kanske det var Wilhelm.

Victoria låg stilla i sin säng. Som vanligt med sina armar och händer på täcket. Hon hade slutat andas. Hennes utslitna, magra kropp hade så äntligen gett upp, orkade inte hålla igång sitt hårt sargade hjärta längre och somnat in med morfinets hjälp.

Drottning Victoria dog i sin lilla familjekrets som de förtryckta djurens och alla hundars vän. Hennes känslige son Wilhelm kunde inte hålla tårarna tillbaka. Så även fru Bergman och Ellen. Deras halvkvävda snyftningar bakom blandade känslor korsades i rummet. Kungen förblev tyst. Han satt där bara på stolen och hängde med händerna på sin käpp och stirrade ner i golvet. Efter en stund samlade han ihop sin långa bräckliga kropp och reste sig långsamt. Inte ett ord slapp ur honom när han upptäckte Ebbe i dörren. Vad han kände och tänkte i detta laddade ögonblick när döden visat sin skepnad på nära håll, förblev en gåta.

Kungen såg inte särdeles tagen ut när han steg ut från sin makas sovrum, stödd på sin svarta käpp. Ebbe kunde ana en befrielsens och frihetens glimt i hans ögon, varpå Ebbe gjorde en extra djup och vördnadsfull hovbugning för Hans Majestät. Kung Gustaf V var nu änkeman, medan Ebbe redan var på väg till Stockholm i sina tankar för att äntligen möta Mia och få se hur mycket den framtidsfyllda magen vuxit. Han hade förstås några dagar kvar i Rom för att avsluta och packa ner allt som hörde till kontoret och skicka iväg till Stockholm, samtidigt som han hade fullt sjå med att packa sitt eget inför den efterlängtade hemresan. Han var också tvungen att avsluta de anställdas tjänster och avlöna dem för två veckor i april. Det ingick i anställningsavtalet.

Ebbe hade fått order från Stockholm att planera för hennes resa i kista från Rom till Sverige. Den skulle först ske via tåg och sedan på havet med pansarskeppet HMS Drottning Victoria. Några dagar innan hade Munthe via Ebbe fått ett meddelande på teleprintern från Karl Otto Bonnier, att boken om San Michele skulle ges ut nu i april, men Munthe insåg att det var alltför sent att berätta för

Victoria. Munthe skulle balsamera drottningen dagen därpå och avliva hennes två älskade hundar när han väl var tillbaka på Capri.

De många kluriga funderingar som dök upp hos Ebbe efter hand som han summerade de sista dagarna, hade han inte riktigt kontroll på. Det gjorde honom förvirrad. Hade Munthe av olika skäl tidigarelagt drottningens död, eller var hans beslut att avsluta, grundat på Victorias förfärliga smärtor och att han inte såg någon ände på hennes lidande? Resonerade Munthe på ett sätt som gynnade vissa närstående som kungen och kronprinsen till exempel, eller Ebbe själv till och med? Den eminente doktorn var ju uppenbart trött på att inte räcka till. Något som han säkert inte var van vid. Störde det honom som den lysande och karismatiske läkare han var. Han var ju fortfarande mycket eftertraktad av äldre, välbärgade kvinnor inom aristokratin som levde i kärlekslösa och trista äktenskap som sökte hans hjälp för sina svaga nerver. Ebbe funderade också på om Munthe tänkte på honom och Mia som nu tvingats vara ifrån varandra under tiden som hon var gravid och dessutom blivit sjuk i samma sjukdom som Victoria. Var Munthe rädd att Ebbes unga hustru skulle dö innan han kom hem till henne? Munthe hade ju länge vetat att Ebbe bara längtade hem efter många svåra månader. Att äntligen få komma tillbaka till Stockholm och möta sin höggravida och sjuka hustru som han gifte sig med bara ett par veckor innan han tvingades till Rom. Hade Munthe allt eftersom tiden gick, funderat kring Ebbes förfärligt jobbiga situation och av medkänsla för honom, tidigarelagt Victorias död?

Hade han förmåga att i vissa fall känna empati och medlidande? Vad var hans preferenser? Ebbe undrade också många gånger varför Munthe aldrig pratade om sina två söner som nu var i tjugoårsåldern och varför de aldrig besökte varandra, sönerna och deras far. Han verkade helt ointresserad av dem. Det märkte Ebbe vid julen som passerat, då en av sönerna hade dykt upp i Villa Svezia, men som inte känt sig välkommen av sin pappa och därför lämnat dagen därpå. Men var det verkligen så? Ebbe vågade aldrig fråga hur det förhöll sig och fick därför inget svar.

De tre sköterskorna längtade också hem till sitt och de sina. Det hade nog Munthe förstått mycket tidigt. Kunde det vara så att han vägde ihop alla dessa längtande människors önskan om ett snart slut? Ebbe varken visste eller förstod det ena eller det andra, men han kunde inte låta bli att fundera medan han packade och förberedde sig på att avsluta sin vistelse i Rom. Det fanns mycket att göra nu.

Som vanligt begav sig Assar än en gång iväg till torget i Solna med Nalle i koppel för att se om flaggan var hissad på halv stång. Det blev många stopp på vägen varje gång Nalle ville kissa, men Assar hade inte så brått. Han hade gått till torget varje dag ett par månader bara för att konstatera att det inte fanns någon flagga på stången. Han hade börjat misströsta och nästan gett upp hoppet när han plötsligt stannade till och drog Nalle till sig. Oj! Såg han rätt? Såg han verkligen det han ville se? Han gnuggade sig i ögonen. Jo minsann! Flaggan var hissad på halv stång! Benen började skaka och pulsen steg. Han tittade Nalle djupt i ögonen och utbrast:

   — Äntligen! Kom, så går vi!

De vände tillbaka och Nalle viftade på svansen.

Assar kände ett innerligt glädjerus och tänkte på Ebbe och att äntligen få resa hem.

Ebbe lämnade Rom den åttonde april och anlände till Solna två dagar senare. Det var svårt för honom att inte stanna till i Malmö och träffa sina föräldrar och syskon. Alla hade ju längtat efter att få se och krama om varandra. Han visste inte heller att Assar också var där. Ebbe och Assar hade ju inte lyckats nå varandra eftersom båda var på resa. Den ene söderut och den andre norrut.

Ebbe begav sig så fort han kunde iväg till Bengtssons Bullar på snabba, skakiga ben som blev allt långsammare när han såg att konditoriet var stängt. Vad har hänt? Oron steg. Det dunkade i bröstet. Ebbe trevade efter sin nyckel. Låste upp, gick sakta, sakta in, fortfarande orolig i själen, medan hela hans kropp skakade. Tystnaden slog honom i ansiktet.

– Hallå, ropade sådär lite försiktigt, och kände ingen doft av nybakade bullar.

Inget svar! Ingen var där. Inte Mia, ingen hund och inte Assar heller. Ebbe hade förväntat sig att Nalle skulle komma rusande mot honom i full fart med svansen viftande. Men det kom ingen hund. Han såg sig försiktigt omkring. Sovrummet var fint iordningsställt, städat och allt var i sin ordning, men ganska kallt. En magisk, obehaglig tystnad infann sig. Ebbe rörde sig med långsamma, trevande steg mot köket. Såg direkt lappen när han steg in. Den som han hade fruktat. Den handskrivna lappen på köksbordet:

Ebbe, käre broder!   *Solna den 6 april*
Välkommen hem!

*Mia hämtades av sjuktransport i dag. Hon blev akut sjuk och förd
till sjukhus. Hon var nästan helt borta. Hoppas det ordnar sig för
henne. Jag reser till Malmö och tar Nalle med mig. Visste ju inte när
du skulle komma hem.*
Hör av dig!
Bästa hälsningar!
Assar

Ebbe gav sig iväg direkt och sökte upp Mia på sjukhuset och
fann henne där mycket sjuk. Det var lungsoten. Han kände
igen det. Såg den döende drottningen framför sig. Men nu
var det Mia. Hans älskade hustru som han saknat så
förtvivlat låg nu i sjuksängen med sin stora runda mage och
våndades, men sken upp så fort hon såg Ebbe och vände
sig mot honom. Hela hennes kropp vaknade plötsligt till.
Ansiktet ljusnade. Med ett svagt leende sökte hon Ebbe, och
han mötte hennes blick med förtvivlan i ansiktet. Mia
sträckte sakta fram sina magra armar och taniga händer mot
honom för att möta hans, som om hon ville omfamna. Ebbe
lyfte sina händer och sträckte dem mot henne, men de
nådde aldrig fram. Mia avled i samma stund med en nästan
ljudlös suck, samtidigt som hennes armar och händer föll
livlösa på det vita, mjuka täcket.

EFTERORD

"Munthe gick hem, tog fram sin alltid laddade revolver och ropade "Tom!" Tillitsfullt kom hunden fram och kröp upp i hans knä. Med sina vana händer trevade Munthe kring hundens huvud – han visste precis var skottet borde gå in. Och så tryckte han av. Hunden sjönk ljudlöst ihop. Så ropade han "Fellow!". Den andra hunden kom lika förtroendefullt fram och även det skottet gick av.
Nu vilar Tom och Fellow i "Drottningens hörna" längst fram i San Micheles pergola på den plats som drottning Victoria tyckte var den skönaste i världen och där hon själv önskade vila i stället för i den dystra Riddarholmskyrkan." (106)
"Capri förblev Axel Munthes fasta punkt under större delen av hans liv. Han bodde först i Villa San Michele och efter 1910 i Torre di Materita, där han kämpade mot sin tilltagande blindhet och där "Boken om San Michele" skrevs. I juni 1943 lämnade han för alltid Capri, och den 11 februari 1949 avled han på Stockholms slott, där han tillbragt sina sista år som det svenska kungahusets gäst."

Josef Oliv: VÄGEN TILL SAN MICHELE
Alb. Bonniers boktryckeri 1972
Stockholm

PERSONFÖRTECKNING

Kung Gustaf V (1858 – 1950)
Ingick äktenskap med Victoria av Baden 1881.
Blev Sveriges kung 1907.

Victoria av Baden (1862 – 1930)
Kronprinsessa av Sverige 1881–1907.
Drottning av Sverige 1907 – 1930.
Födde tre söner 1882, 1884 och 1889.

Axel Munthe (1857 – 1949)
Svensk läkare, drottning Victorias livläkare
från 1893 fram till hennes död 1930.
Skapade Villa San Michele på Capri.
Ingick äktenskap två gånger och blev pappa
till två söner.

Engelberth, "Ebbe" Bengtsson (1897 – 1978)
Gustaf V:s chaufför, kammartjänare och senare
hovlakej 1922 – 1950. Timanställd 1950 – 1972
för att "öppna upp" Slottet för allmänheten.
Blev i folkmun kallad "Kungafilmaren". När han
dokumenterade den kungliga familjens privata liv
i helg och söcken på 1930–, 1940– och 1950 –
talen. Ingick äktenskap med Mia Bladh 1929,
Matilda Bengtsson 1935 och kusinen Vendela
1977. Inga barn. Gav ut boken TRE SMÅ
SESSOR tillsammans med prinsessan Sibylla 1940.
Gudfar åt sin bror Assars son Staffan Bengtsson
sommaren 1945, författare till romanen.

**Kronprinsen
Gustaf VI Adolf (1882 – 1973)
Sveriges kung 1950 – 1973**
Ingick äktenskap 1905 med Margareta Connaugh
(1882 – 1920) av Irland och Storbritannien,
kronprinsessa av Sverige 1905 – 1920.
Ingick äktenskap med Louise Mountbatten
(1889 – 1965) 1923. Drottning 1950 – 1965.

Prins Wilhelm (1884 – 1965)
Ingick äktenskap 1908 med ryska storfurstinnan
Maria Pavlovna. Äktenskapet upplöst 1914.
Makarnas son Lennart Bernadotte tvingades
stanna kvar i Sverige eftersom gossen var svensk
prins och därför tillhörde Sverige.

Prins Eugen (1865 – 1947)
Gustaf V: s bror, i folkmun kallad ”Målarprinsen”.
Ogift. Inga barn.

Maria Pavlovna (1890 – 1958)
Rysk storfurstinna, maka till prins Wilhelm och
Svensk prinsessa 1908 – 1914.
Födde prins Lennart Bernadotte 1909.

Lennart Bernadotte (1909 – 2004)
Svensk prins. Son till Prins Wilhelm och
Ryska storfurstinnan Maria Pavlovna.
Gift två gånger. Nio barn.

Gustaf Adolf, kallad Edmund (1906 – 1947)
Kungaparets äldsta barnbarn, arvprins och
pappa till Kung Carl XVI Gustaf **(1946 –)**

Prinsessan Ingrid (1910 – 2000)
Ingick äktenskap med Danmarks prins Frederik
1935 och var drottning av Danmark 1972 – 2000.

Sigmund Freud (1856 – 1939)
Österrikisk neurolog, psykiater och författare.
Grundare av psykoanalysen och känd för sin
drömtydning.

Charcot Jean Martin (1825 – 1893)
Läkare och professor i neurologi, Paris.

Assar Bengtsson (1909 – 2004)
Yngste bror till Engelberth Bengtsson.
Riksspelman och mästerspelman på fiol
och träskofiol, född i Malmö, död i Lund.

Mia Bladh - Bengtsson (1905 – 1930)
Ingick äktenskap med Engelberth Bengtsson 1929
Servitris och egenföretagare.

Agnes Bergman (1884 – ?) född Moberg
Kammarfru och drottning Victorias
sjuksköterska fram till 4 april 1930.

Kurt Haijby, född Johansson (1897 – 1965)
Dömd av Svea hovrätt 1953 till sex års
fängelse för utpressning mot svenska
hovet efter en sexskandal med Gustaf V.
Tog sitt liv med pistol i sitt badkar.

APPENDIX

Det finns mer att läsa om Engelberth "Ebbe" Bengtsson, hans liv och 50-åriga tjänst hos den svenska kungafamiljen, i den omskrivna och uppmärksammade boken:

KUNGENS ÄLSKADE HOVLAKEJ

En autofiktiv biografi över Engelberth Bengtsson.
Utgiven 2013 med 95 unika bilder i färg och svartvitt.
ISBN 978-91-637-3128-0

TRYGG ÄLDREOMSORG

Om respektfulla möten i det dagliga arbetet
MED STUDIEHANDLEDNING
Förlagshuset GOTHIA 2005
ISBN 91-7205-470-0

(Tidigare upplagor 2003, 2004 och 2005)

Det är ett sorgligt bevis på människans eviga
oförnuft, att de originella särlingarna uttalar
de självklara sanningarna.

Yehudi Menuhin

Världsberömd violinist

"Lyssna mer än du pratar själv,
så får du veta mer."

*Assar Bengtssons sista ord till sonen
Staffan Bengtsson 2004*